Bibliografische Information der Deutschen Nationalbibliothek: Die Deutsche Nationalbibliothek verzeichnet diese Publikation in der Deutschen Nationalbibliografie; detaillierte bibliografische Daten sind im Internet über dnb.dnb.de abrufbar

Teuflischer Wein
Die verschwundenen Frauen
2. Auflage August 2020
© W.J. Marko, Altlichtenwarth Österreich
alle Rechte vorbehalten
Herstellung und Verlag:
BoD – Books on Demand, Norderstedt
ISBN: **9783751996280**

Teuflischer Wein

Die verschwundenen Frauen

„Ich habe hier etwas, dass Dein Interesse wecken könnte Henry." Henry Eigner schaute von seinem Computer auf und blickte seine Assistentin Sonja Breitner freundlich aber mit zusammengekniffenen Augen an. Obwohl Sie leise wie eine Katze in sein Büro gekommen war, hatte er schon Ihr Lieblingsparfum „À la nuit" wahrgenommen. Dieser blumige Jasmin Duft faszinierte ihn jedes Mal aufs neue. In Wahrheit war es allerdings nicht das Parfum alleine. Es war die Kombination aus diesem sinnlichen Duft getragen von einer äußerst attraktiven Frau mit einer hervorstechenden Persönlichkeit und hochgradiger Intelligenz, welche ihn jedes Mal, wenn Sonja erschien, aus jeglicher Tätigkeit aufs angenehmste herausriss. Neben Sonja verblasste sogar der Jaguar E Type Serie 1 Cabrio, dem er gerade auf einer Auktionsseite seine Aufmerksamkeit gewidmet hatte.

Sonja beugte sich über den Bildschirm, um mit einem unschlagbarem Lächeln zu fragen "Schon wieder ein Oldtimer? Du hast ja schon drei in Deiner Garage stehen und Dein Alltagsauto ist ja auch so ein alter Franzose."

„Das ist kein alter Franzose! Ein Citroën – DS PALLAS wird die *Göttin* genannt", erwiderte Henry belustigt.

„Nun Herr der Göttin, wenn Du wieder in der Realität angekommen bist, lies Dir das einmal durch und lass mich wissen was Du davon hältst." Sonja legte Henry eine Mappe auf den Tisch und entschwand in Ihr eigenes Büro.

Henry Eigner ist, obwohl unverheiratet, mit großer Wahrscheinlichkeit der Traum Schwiegersohn jeder Mutter. Geboren in Wien am 1.4.1970 als Sohn eines hochrangigen österreichischen Polizeioffiziers und einer englischen Mutter, die als Ärztin in Wien arbeitete.

Nach der Matura studierte er Psychologie und Jus und trat danach in den Polizeidienst. Seine umfangreichen Kenntnisse und den guten Beziehungen seiner Mutter nach Amerika verdankte er einen zweijährigen Aufenthalt beim FBI in New York mit umfangreicher Profiler Ausbildung und stieg nach seiner Rückkehr schnell zum begehrten Fallanalytiker auf.

2014 schied er aus dem Polizeidienst aus, nachdem der Bruder seiner Mutter, der in England ein Industrieunternehmen gegründet hatte, verstorben war und Henry eine Erbschaft von 12 Millionen Euro hinterlassen hatte.

Henry machte sich selbständig und gründete die „THINK TANK unresolved cases".

Sonja lernte er im Zuge eines Ermittlungsfalles bei der Polizei kennen. Sonja Breitner ist IT Spezialistin und wird von der Polizei bei besonderen Fällen angefordert. Henry und Sonja verstanden sich auf

Anhieb und darum sagte Sie sofort zu, als er Ihr anbot, als Assistentin bei ihm zu arbeiten. Henry nahm nur Fälle an, die ihn persönlich interessierten und so kam es auch vor, dass die beiden wochenlang nichts Berufliches zu tun hatten. Wenn Sie einen Fall hatten stand Sonja aber 24 Stunden am Tag zur Verfügung. Sonja liebte dieses Wechselspiel zwischen süßem Nichtstun und Zeiten voller Arbeit unter Hochdruck. Henry bezahlte Sie sehr gut und Sie nahm dafür auch in Kauf, dass bei diesem Wechselspiel eine private dauerhafte Beziehung fast unmöglich war.

Seit einer guten Stunde studierte Henry die Unterlagen, die ihm Sonja gebracht hatte. Er hatte jede Seite mindestens dreimal gelesen und war noch immer zu keinem Schluss gekommen, ob der Fall für ihn von Interesse ist.

Henry sprang mit einem Satz auf und war mit wenigen Schritten bei Sonjas Büro. Sonja sah kurz sein Gesicht in der Bürotüre und hörte nur „Besprechung" und schon war er wieder weg.

Sonja folgte Henry in das Besprechungszimmer. Das Besprechungszimmer war ein 60 Quadratmeter großer Raum der zu den Räumlichkeiten der „THINK TANK unresolved cases" gehört. Henry hatte eine ganze Etage des Gründerzeithauses im 3. Wiener Bezirk, welches seinen Eltern gehörte, zu seinem Firmensitz umgebaut.

Henrys Besprechungszimmer musste keinen Vergleich mit einem alten ehrwürdigen englischen Club scheuen. Die Chesterfield London Classic Sessel und Sofas waren wie geschaffen für längere und entspannte Lagebesprechungen.

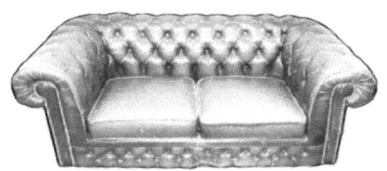

Henry begann kurz die Fakten zusammen zu fassen "Okay, Lisa Ernest 20 Jahre jung, seit Anfang September 2017 vermisst. Zuletzt gesehen in Harrersdorf. Wo liegt Harrersdorf?"

„Die Gegend wird Dir gefallen", antwortete Sonja mit einem Augenzwinkern. „Harrersdorf liegt im nordöstlichen Niederösterreich, genauer gesagt im Weinviertel und wie der Name schon sagt, wird dort guter Wein gekeltert."

„Schön und gut Sonja, aber laut Deinen Unterlagen war Ihr Handy das letzte Mal in Tschechien genauer gesagt in Hlohovec eingeloggt."

„Ja", entgegnete Sonja „es gibt in Hlohovec eine Disco für Frauen, die sich *„osamělá princezna"* nennt. Übersetzt **„einsame *Prinzessin"***. In der Disco haben nur Frauen Zutritt, aber es gibt ausschließlich männliches Personal. Nach meinen Recherchen werden auch hauseigene Tänzer gestellt."

Henry runzelte die Stirn „Du meinst ein Bordell mit umgekehrten Rollen?"

Sonja war sichtlich amüsiert „Männer denken wirklich immer nur an das eine. Aber ich muss zugeben, der Gedanke liegt nahe. Da muss ich Dich aber enttäuschen. Ich habe mir deren Homepage angesehen und dort wird klar dargelegt, das die Besucherinnen gerne mit dem männlichen Personal flirten dürfen, aber jeder sexuelle Kontakt verboten ist. Das Konzept dieses Lokales ist, Frauen einen unterhaltsamen Abend zu bereiten ohne Angst zu haben von irgendwelchen Typen zudringlich angebaggert zu werden. Offensichtlich ein durchaus erfolgreiches Konzept, denn das Lokal ist weit über die Grenzen bekannt."

„Und was hat Sie in Harrersdorf gemacht?" hakte Henry nach.

„Ihre Mutter hat angegeben, dass Lisa mit dem Rad die Weinviertler Weinstraßen erkunden und genießen wollte. Sie hat sich Harrersdorf als Ausgangspunkt gewählt und im örtlichen Gasthaus ein Zimmer für vierzehn Tage gemietet. Nach sechs Tagen ist Sie verschwunden, was vorerst nicht aufgefallen ist, da man in Harrersdorf angenommen hat, dass Sie eine längere Radtour unternommen und woanders genächtigt hat."

„Ihre Mutter hat Anzeige erstattet, nachdem Lisa nach vierzehn Tagen nicht zurück war und auch nicht erreichbar war."

„Ich nehme an, die Polizei hat keine weitere Spur und wird eingehende Ermittlungen erst wieder aufnehmen, wenn sich weitere Hinweise ergeben", entgegnete Henry.

„Es wurde nur Ihre Kleidung im Quartier gefunden. Das Telefon, Pass, Brieftasche und Ihr Fahrrad blieben bis heute verschwunden", ergänzte Sonja.

Henry lehnte sich zurück und verschränkte seine Hände im Nacken „Und was hast Du mir noch vorenthalten? Eine verschwundene junge Frau ist mir sicher nicht gleichgültig, aber warum bist Du der Meinung, dass mich der Fall interessiert?"

Sonja konnte sich ein Schmunzeln nicht verkneifen „Es ist nicht die erste junge Frau, die verschwunden ist. Insgesamt sind es sechs Frauen, die verschwunden sind!"

Sonja bemerkte, wie Henry die Augenbrauen leicht nach oben zog und wusste, dass Sie jetzt seine ungeteilte Aufmerksamkeit genoss.

„Sechs junge Frauen im Alter von 20 bis 23 Jahren, jedes Jahr eine. Alle waren in Harrersdorf, wenn auch aus unterschiedlichen Gründen, und bei allen verlor sich die Spur in Tschechien in oder in der näheren Umgebung von Hlohovec!"

„Okay, jetzt wird es interessant! Und spann mich nicht auf die Folter." Henry wirkte nach außen hin ruhig, aber Sonja kannte ihn zu gut, um zu wissen, dass er gerade wie auf Nadeln saß.

„Das sind unsere Vermissten:

Miriam Schober 21 Jahre, seit 29. September 2012 vermisst.

Elsbeth Moran 23 Jahre, seit Mitte September 2013 vermisst.

Sylvia Marasch 21 Jahre, seit Ende September 2014 vermisst.

Julia Appel 22 Jahre, seit Anfang Oktober 2015 vermisst.

Bettina Forest 22 Jahre, seit Ende August 2016 vermisst.

Und noch *Lisa Ernest* 20 Jahre, seit Anfang September 2017 vermisst."

„Es gibt bis heute keine wirklichen Hinweise, um das Verschwinden der Frauen zu erklären. Alle Akten dazu liegen bei der Polizei unter *vermisste Personen*. Die Mutter von Lisa kennt eine Freundin von mir und ist so zu uns gekommen. Obwohl Sie kein Vermögen besitzt, hat Sie gemeint, egal was Du verlangst, ihr ist nur wichtig etwas über das Schicksal Ihrer Tochter zu erfahren."

Henry lächelte „Du kennst ja unser Geschäftsmodell. Wir haben einige sehr begüterte Kunden, die es nicht ärmer macht, wenn Sie unsere Arbeit gut bezahlen. Wenn mich aber ein Fall interessiert, ist die Bezahlung völlige Nebensache. Leisten kann ich es mir ja, meinem seligen Onkel sei gedankt."

„Sonja, Du kannst Lisas Mutter mitteilen, dass wir diesen Fall übernehmen und dass Sie sich keine Sorgen um unser Honorar machen soll."

Sonja tat auf schüchtern und mit leicht gesenktem Blick flüsterte Sie halb leise „Hab ich schon alles erledigt. Ich war überzeugt, dass Dich dieser Fall reizen würde."

Henry spielte den entrüsteten „Wenn Du mich noch einmal in einer Entscheidung übergehst, werde ich Dich übers Knie legen und Dir Deinen Hintern versohlen."

Sonja antwortete nicht gleich, weil gerade Ihr Kopfkino jedes klare, fachliche Denken in einen unbekannten Ablagebereich Ihres Gehirns verbannte. Der Gedanke Henrys Hand auf Ihrem Hintern zu spüren füllte momentan Ihr gesamtes Denken aus. Ja, Sie fühlte sich schon seit Ihrer ersten Begegnung zu Henry hingezogen und hatte aus diesem Grund sofort zugesagt, als er Sie fragte ob Sie mit Ihm arbeiten will. Henry war der perfekte Gentleman und Sie hatten ein sehr inniges und freundschaftliches Verhältnis. Henry hatte aber nie versucht, Ihr irgendwelche Avancen zu machen, obwohl Sonja das begrüßen würde.

Er merkte, dass Sonja in Gedanken versunken war. Er machte aber keine Anstalten Sie wieder in die

Realität zurückzuholen und hing stattdessen seinen eigenen Gedanken nach "Mein Gott wie gerne würde ich meine Hand auf den Hintern dieser Frau legen. Aber nicht um ihn zu versohlen, sondern um meine Hand zärtlich darüber gleiten zu lassen und dann diesen wunderbaren Körper zu erkunden. Sonja entspricht ziemlich genau meinem Idealbild einer Frau. Hoffentlich habe ich Sie jetzt mit meiner Bemerkung nicht verärgert."

„War jetzt nicht ernst gemeint, dass mit dem Hintern versohlen", unterbrach Henry das Schweigen.

Sonjas Kopfkino wurde durch Henrys Stimme mit einem Schlag beendet. „Ah ja, alles okay. Ich habe mir nur gerade Gedanken gemacht wie wir diesen Fall am besten angehen", log Sonja ohne eine Miene zu verziehen.

Henry glaubte eine kleine Unsicherheit in Ihrer Mimik zu bemerken, verzichtete aber darauf nachzufragen. Trotzdem speicherte er diesen Umstand in seinem Kopf ab.

„Hast Du schon eine Idee wie wir das Ganze angehen werden?", fragte Sonja mit Ihrem gewohnt freundlichen Gesichtsausdruck.

Henry legte den Kopf leicht zur linken Seite und setzte ein süffisantes Lächeln auf „Nun wenn wir das ganze nüchtern betrachten, haben wir zwei Orte wo wir mit unseren Ermittlungen ansetzen können. Da haben wir auf der einen Seite Harrersdorf im Niederösterreichischen Weinviertel wo es auch guten, veredelten Rebensaft zu genießen gibt, auf der anderen Seite haben wir Hlohovec in Tschechien mit einem, na sagen wir, männerfeindlichen Vergnügungslokal. So gesehen sind unsere Rollen schon im voraus ziemlich festgelegt."

Sonja tat ganz entsetzt „Du willst mich wirklich in so ein schlimmes Lokal schicken, wo wahrscheinlich so ein professioneller Gigolo mit mir flirten und mich eng umschlungen auf der Tanzfläche herumschleifen wird?"

Mit ernster Mine entgegnete Ihr Henry „Glaub mir meine Liebe, wenn es nicht beruflich unabdingbar wäre, würde ich das mit allen Mitteln verhindern!"

Sonja seufzte „Na gut Beruf ist Beruf." Innerlich war Sie aber sehr gut gelaunt und dachte bei sich „*Möglicherweise gibt es für uns zwei dann doch noch mehr als ein berufliches Zusammenspiel.*"
„Zur Sicherheit nehme ich aber meine Freundin Renata mit, sozusagen ein paar Tage Mädels Urlaub. Außerdem ist Renata ausgebildete Kampf Sportlerin und eine derartige Begleitung mitzuhaben kann gar nicht verkehrt sein!"

Sonja glaubte in Henrys Gesichtsausdruck eine Erleichterung zu bemerken.

Henry war wirklich etwas erleichtert. Er kannte Renata zwar nicht besonders gut, aber er hatte schon die Gelegenheit Renata´s Kampfkünste bei zwei Wettbewerben zu erleben und war sich sicher, dass es eine ausgezeichnete Idee von Sonja war Renata mitzunehmen.

„Ich werde mir einmal dieses Harrersdorf genauer ansehen. Sonja kannst Du mir ein Zimmer in diesem Gasthof reservieren?"

„Ich habe da was viel besseres für Dich", Sonja machte eine Pause und genoss seinen typischen Gesichtsausdruck mit dem fragenden Blick und den nach oben gezogenen Augenbrauen. „Ich habe herausgefunden, dass es in Harrersdorf vier, zu Wohnzwecken ausgebaute Presshäuser gibt. Diese Presshäuser, in denen früher Weintrauben gepresst und zu Wein weiterverarbeitet wurden, wurden vom örtlichen Weinbauverein umgebaut und revitalisiert, um schließlich an Touristen vermietet zu werden. Die Presshäuser haben auch noch intakte Kellerröhren und was Dich besonders freuen wird, gegen einen kleinen Aufpreis findest Du auch eine Auswahl der besten regionalen Weine im zugehörigen Weinkeller."

„Klingt gut, kannst Du das für mich organisieren. Am besten ab nächster Woche den 2. April und da ich noch nicht genau abschätzen kann, wie lange ich brauche, mietest Du es gleich bis Ende September."

„Ist schon so gut wie organisiert. Soviel mir bekannt ist, kann man sich den Schlüssel, unter Vorlage der Reservierungsbestätigung am Gemeindeamt abholen." Sonja machte sich eine kurze Notiz. „Ich habe aber noch eine Idee warum Du Dich länger in Harrersdorf aufhalten willst. Wie wäre es, wenn Du als Fotojournalist auftrittst, der an einen Bildband über das Weinviertel und die Weinverarbeitung arbeitet. So kannst Du allerhand lästige Fragen stellen, ohne dass es besonders auffällt. Ich habe schon einmal eine Homepage für Dein zweites Ich als Fotojournalist erstellt und die zugehörigen Visitenkarten kann ich übermorgen bekommen." Sonja lief gerade zu Ihrer Höchstform auf, wie jedes Mal, wenn Sie einen spannenden Fall übernahmen.

„In solchen Augenblicken bestätigst Du mir immer wieder die Richtigkeit der Entscheidung, mit Dir zusammen zu arbeiten." Henry schätzte den Scharfsinn von Sonja und wusste, dass er sich zu hundert Prozent auf Sonja verlassen konnte.

„Also ran an die Arbeit und ich werde Dich in der Zeit in Harrersdorf sehr vermissen." Gleichzeitig suchte er gedanklich schon vielerlei Gründe, warum Sonja auch zwischendurch ein paar Tage nach Harrersdorf kommen sollte.

„Na, so vermissen wirst Du mich wohl nicht, immerhin hast Du im Weinkeller ja vorzüglichen Wein, der Dich sicherlich trösten wird." Ihr Grinsen war nicht zu übersehen, während Sie in Ihr Büro entschwand.

Die nächsten drei Tage verbrachten die beiden mit intensiven Vorbereitungsarbeiten. Henry studierte die Akten der vermissten Frauen, während Sonja sich um die Reservierung, die Visitenkarten und all die anderen Kleinigkeiten, welche so ein Auftrag mit sich bringt, kümmerte.

Am Freitag um 14 Uhr trafen sich beide im Büro für eine letzte Besprechung. Sonja hatte alles perfekt vorbereitet und übergab Henry sämtliche Unterlagen samt schriftlicher Reservierungsbestätigung „Ich wünsche Dir viel Spass in Deinem Weinkeller." „Du musst den Schlüssel am Montagvormittag am Gemeindeamt in Harrersdorf abholen."

Montag, 2. April, Henry machte einen Blick auf sein Navi. Noch 9 Kilometer bis Harrersdorf. Entspannt glitt er mit seinem Citroen DS dahin und genoss die sonnige Landschaft. Henry war klar, das dieses Auto viele Blicke auf sich zog und man dadurch leicht mit anderen Leuten in ein Gespräch kommen konnte, was ihm bei seinem Auftrag nur entgegenkam.

Wie er so seinen Gedanken nachhing, kam schon das Gemeindeamt in Sicht. Anders als in Wien gab es hier keine Parkplatzprobleme, was aber in einer 1000 Seelen Gemeinde auch nicht anders zu erwarten war, und so stellte er seinen Wagen direkt vor dem Gemeindeamt ab. Nachdem er ausgestiegen war, grüßten ihn zwei ältere Frauen, die direkt vor dem Hauseingang standen, freundlich. Kaum war er an ihnen vorbei, hörte er, wie eine der

anderen leise zuraunte „Ein Wiener, weißt Du was
der hier macht?"

Henry konnte sich ein Grinsen nicht verbeißen. Sein
Aussehen musste für Gespräche sorgen. Drei Tage
Bart, Sonnenbrille, Jeans, Hemd und ein Cowboy
Mantel waren sicher nicht das gewohnte Bild in
einer Ortschaft mit großteils bäuerlicher
Bevölkerung.

Das Gemeindeamt befand sich im ersten Stock
dieses Gebäudes, welches im Erdgeschoss noch eine
kleine Bankfiliale und die Räume der ehemaligen
Postfiliale beherbergte. Die Gemeindesekretärin
musterte Henry zuerst ziemlich ausführlich, bevor Ihr
eine förmlich freundliche Begrüßung über die Lippen
kam.

„Ah Sie sind der Herr, der hier Material für ein Buch
über das Weinviertel sammeln möchte", sagte Sie,
nachdem Henry Ihr die Reservierungsbestätigung
überreicht hatte. „Ihre Assistentin hat mich schon
vorab informiert. Hier ist Ihr Schlüssel für das Haus *P
Nr. 1.* Es ist gleich das erste Haus und das P steht für

Presshaus. Das Haus finden Sie, wenn Sie das Gemeindeamt verlassen und nach rechts bis zum Dorfanger fahren. Gleich am Beginn vom Anger geht es rechts rauf in die Kellergasse, das ist aber gut beschildert. Nach ungefähr dreihundert Metern teilt sich die Kellergasse. Rechts ist die Hauptkellergasse, aber Sie müssen sich in die linke Gasse wenden. Gleich am Anfang steht das Haus P Nr. 1. Ich gebe Ihnen noch eine Broschüre mit in der Sie alle Aktivitäten im Ort finden und wo man essen kann, wir haben ja noch ein schönes Gasthaus."

„Ist da auch die Telefonnummer vom Weinbauverein vorhanden? Für mein Buchprojekt werde ich sicher einige Fragen an Fachleute haben."

Die Gemeindesekretärin seufzte leicht „Ja, Sie finden alle wichtigen Telefonnummern und Ansprechpartner in der Broschüre, aber ich weiß nicht ob Sie hier richtig sind. Wissen Sie, in einer kleinen Gemeinde sind die Leute meist nicht sehr auskunftsfreudig Fremden gegenüber. Vielleicht wäre es besser für Sie in Poysdorf. Das ist die Weinhauptstadt im Weinviertel und eine viel größere Gemeinde. Aber wenn Sie mich fragen, bin ich erfreut, dass Sie hier sind. Endlich wieder ein stattlicher neuer Mann und nicht immer die altbekannten Gesichter. Wenn Sie einmal niemand zum Reden finden leiste ich Ihnen gerne Gesellschaft, ich heiße übrigens Beate!"

„Na das kann ja noch heiter werden", dachte sich Henry auf dem Weg zu seinem Wagen, *„Kaum angekommen und schon will sich die Gemeindesekretärin einem an den Hals schmeißen. Na gut, vielleicht ist Sie mir noch von Nutzen und ich bekomme einige Informationen von Ihr."*

Der Weg zu seinem Heim für die nächsten Wochen war leicht zu finden. Henry parkte seinen Wagen vor dem Presshaus und verschaffte sich einmal einen Überblick von der unmittelbaren Gegend. In der

Kellergasse standen vier neu renovierte und ausgebaute Presshäuser in einigem Abstand, so das jedes Presshaus auch einen kleinen Grund mit überdachter Sitzgelegenheit neben dem Haus hatte. Offensichtlich wurden die restlichen Presshäuser geschliffen, denn normalerweise standen die Presshäuser dicht an dicht. „Eigentlich ein gutes Konzept für sanften Tourismus", dachte Henry.

Er steckte den Schlüssel in das Schloss, sperrte auf, und öffnete ohne große Erwartung die Türe. Als er eintrat, war er doch etwas überrascht. Er stand in einem Raum, der sehr gediegen eingerichtet war. Links von der Türe gab es einen Tisch mit Eckbank und zwei Stühlen und bot ganz bequem Platz für sechs Personen. Links hinten fand sich eine lederne Sitzgarnitur, welche einen durchaus bequemen Eindruck machte. Auf der rechten Seite befand sich eine Küchenecke, die alle Annehmlichkeiten bot. Von Elektroherd über Mikrowelle und Geschirrspüler war alles vorhanden was man sich heutzutage in einer Küche erwartet. Gegenüber der Eingangstüre, zwischen Sitzgarnitur und Küchenecke befanden sich zwei Türen. Die linke Türe führte in das Badezimmer mit WC. Es war nicht allzu groß, aber modernst eingerichtet und perfekt sauber. Henry blickte nach oben und sah, das das Presshaus eine Halbdecke aus Holz eingezogen hatte. Die Treppe nach oben war auf der linken Seite und begann zwischen Eckbank und Sitzgarnitur. Rasch hatte Henry die Stufen erklommen und stand auf einer Galerie wo sich ein, augenscheinlich komfortables, Doppelbett befand.

„Sieht ganz nett aus", sagte Henry halblaut zu sich selbst.

„Jetzt fehlt nur mehr ein Blick in den Weinkeller."

Im Keller fand sich eine gute Auswahl von regionalen Weinen, was Henry mit einem Kopfnicken goutierte.

11 Uhr, stellte Henry nach einem Blick auf seine Uhr fest. Na dann werde ich mich einmal umschauen. Er schnappte seine Kamera und trat vor

seine derzeitige Behausung. Sein erster Weg führte ihn in die große Kellergasse. Der leicht ansteigende Weg aus Kopfsteinpflaster war links und rechts von Presshäusern gesäumt. Einige davon waren offensichtlich in letzter Zeit restauriert worden, während andere Presshäuser einen leicht desolaten Eindruck hinterließen. Vor einzelnen Gebäuden standen einfache Bänke meist ohne Lehne.

Henry machte einige Aufnahmen mit seiner Kamera. Nach einer halben Stunde kam er an das Ende der Kellergasse und bemerkte, dass beim letzten Keller auf der rechten Seite die Türe offen stand. Gerade als er beim Keller ankam, erschien in der offenen Türe ein älterer Mann in Arbeitshose, kariertem Hemd, einen Hut auf seinem Kopf und eine blaue Schürze umgebunden.

„Hallo", sagte Henry mit einem freundlichen Lächeln.

„Grüß Gott, schließlich leben wir in einem katholischen Land", erwiderte der alte Mann etwas griesgrämig.

„Na dann, grüß Gott", antwortete Henry noch immer freundlich.

„Wie heißt Du und woher bist Du? Weil aus der Gegend bist Du nicht." war die etwas raue Entgegnung des alten Mannes. Er stand noch immer in der Türe und musterte Henry eingehend.

„Henry, ich bin aus Wien und habe eines der vier Presshäuser hier gemietet. Ich bin Fotojournalist und arbeite an einem Bildband über das Weinviertel und den Weinbau. Deshalb werde ich auch länger hier sein."

Henry wusste, dass es am Land manchmal einen raueren Umgangston gab, der aber oft durch Unbehagen vor dem Unbekannten entstand.

„Aha, ein Städter. Na gut es kommen ja viele Städter zu uns. Ich bin der Albert." Der alte Mann streckte Henry die Hand hin und mit einem festen

Händedruck, den man dem alten Mann gar nicht zugetraut hätte, war das Eis schon gebrochen.

„Das ist mein Weinkeller, obwohl ich schon seit fünfzehn Jahren in Pension bin. Ich habe damals mein Weingut meinem Sohn dem Johann Graber übergeben. Er ist übrigens der größte Weinbauer hier im Ort."

Henry registrierte bei diesen Worten einen gewissen Stolz bei Albert, was sich in der Körperhaltung und der Stimme bemerkbar machte.

„Ich habe aber auch noch einen eigenen Weingarten und mache meinen Wein noch selber", fuhr Albert fort. „Willst Du ein Glas kosten? Ich habe einen exzellenten *Grünen Vetliner.*"

Läuft ja perfekt, dachte sich Henry. „Gerne, einem guten Glas Wein bin ich nicht abgeneigt", entgegnete Henry.

„Na dann komm rein, aber da Du aus der Stadt kommst, muss ich Dir noch ein paar Regeln erklären.

Erstens ist der Weinkeller das Heiligtum eines Weinbauern und eine Einladung in den Keller ist eine Ehre für den Eingeladenen. Zweitens sind im Keller alle Menschen gleich. Also wenn Du einen Titel hast, kannst Du den gleich hier am Eingang abgeben! Drittens gilt: was im Keller geredet wird bleibt im Keller!"

Albert wartete keine Antwort ab, da diese Regeln sowieso ungeschriebenes Gesetz waren und jeder, der in den Weinkeller kam, diese bedingungslos zu akzeptieren hatte.

Das Presshaus war relativ geräumig, mit einer alten Baumpresse eingerichtet.

„Ja, ich presse meine Trauben noch mit meiner alten Baumpresse. Schau hier ist die Jahreszahl eingeritzt: 1887. Seit dieser Zeit war die Presse in Betrieb und hat immer funktioniert!" Albert war sichtlich stolz auf seine alte Presse.

Weiter ging es durch den Kellerhals bergab in den eigentlichen Weinkeller. Der Keller war nur sehr spärlich beleuchtet und Henry konnte das Ende der Kellerröhre nur erahnen. Auf der linken Seite standen die Holzfässer wie Soldaten in Reih und Glied. Albert schritt zügig voran immer weiter in die Kellerröhre. Henry waren auf der rechten Seite zwei Nischen aufgefallen. Am Ende der Kellerröhre war eine weitere Nische. Zumindest schien es Henry so. Albert langte mit der Hand in Kopfhöhe zur Wand und betätigte den Lichtschalter. Zu Henrys Überraschung stellte sich heraus, dass das keine Nische war, sondern ein Durchgang zu einer zweiten Kellerröhre, die parallel zur ersten lief. Als Sie den Durchgang hinter sich ließen und in der zweiten Kellerröhre standen, fiel Henrys Blick auf ein großes Tor aus Schmiedeeisen welches mit drei gewaltigen, offensichtlich bereits sehr alten, Vorhängeschlössern gesichert war. Dahinter, unter einer Schicht aus Staub und dem typischen Weinkellerschimmel, konnte Henry ein Lager aus Weinflaschen erahnen.

Albert entging Henrys Blick nicht. „Das sind meine Weinschätze. Unbezahlbar und deshalb hinter Schloss und Riegel".

Ohne weitere Erklärung schritt er zu einem der fünf Fässer, die hier in der zweiten Kellerröhre standen. Er holte zwei Gläser aus einem offenen Regal an der Wand, nahm einen Weinheber von der Wand und öffnete den Spund vom Fass. Er saugte am Weinheber und schon sprudelte die goldgelbe Flüssigkeit in den Weinheber. Mit der jahrzehntelangen Geschicklichkeit eines Weinbauern entließ er den Wein in die Gläser.

Er stellte die beiden Gläser auf ein aufgestelltes Weinfass, welches als Stehtisch diente, legte den Weinheber beiseite, nahm ein Glas, hob es in Richtung Henry und meinte "Na dann, Prost!"

Henry griff nach dem anderen Glas, hob es und erwiderte "Ein Prost dem edlen Spender!"

Beide nahmen einen Schluck und ließen ihn durch den Mund rollen bevor er seinen weiteren Weg in den Magen nahm. Während dieser Zeremonie beobachtete Albert Henry ganz genau. „Es schaut so aus, als hättest Du ein bisschen Ahnung von Bacchus edlem Saft. Die meisten Städter die hier herkommen protzen mit angeblichen Weinwissen und schütten dann so ein Glas einfach runter. Das ist wie beim Fußball, da ist auch jeder Nationaltrainer. Du hast den Wein aber richtig geschmeckt, wie es sich gehört. Ich glaube, Dein Buch kann ganz gut werden".

Als Henry, mit zwei Flaschen Wein in den Händen, wieder aus dem Presshaus an die frische Luft trat, machte er einen Blick auf seine Uhr und musste feststellen, das er volle drei Stunden im Weinkeller verbracht hatte. Der Kopf schwirrte etwas und Henry konnte nicht genau sagen, ob es an dem äußerst interessantem Gespräch oder doch an mehreren Gläsern Wein lag, die er mit Albert konsumiert hatte.

Mit leicht schwankendem Schritt näherte er sich seiner Unterkunft und ließ sich darin auf das Sofa fallen.

Das Klingeln seines Telefons riss Henry unsanft in das reale Leben zurück. Bevor Henry den Anruf annahm, machte er noch einen Blick auf die Uhr.
„Hallo Sonja, nett dass Du anrufst."

„Hallo mein lieber. Wie geht es Dir?" Sonjas sanfte Stimme hatte immer so etwas beruhigendes. „Ist Dein Weinkeller gut gefüllt?"

„Da kann ich mich nicht beschweren. Auch sonst ist das Presshaus recht nett eingerichtet."

„Und was hast Du schon angestellt?", fragte Sonja etwas keck.

„Wie kommst Du darauf, dass ich etwas angestellt habe? Die Gemeindesekretärin hat mir bei der Schlüsselübernahme Avancen gemacht und vorhin bin ich bei einem Einheimischen drei Stunden im Weinkeller hängengeblieben. Also habe ich nicht wirklich etwas angestellt!"

„Okay, das mit dem Weinkeller lasse ich durchgehen, aber wenn Dir die Gemeindesekretärin noch einmal zu nahe kommt, hast Du gleich noch einen Fall, der dann heißt: **Verschwundene Gemeindesekretärin".**

Sonja klang ein wenig belustigt, aber Henry kannte Sie zu lange um nicht die leise Empörung herauszuhören. „Ich kann Dich beruhigen Sonja, Sie ist nicht mein Typ. Also bitte keine Killerbande schicken. Da kann ich mich schon selber wehren."

„Du hast keine Ahnung, wozu Frauen fähig sind, wenn Sie sich etwas in den Kopf gesetzt haben und

Männer sind in der Regel so anfällig, wenn man Ihnen schöne Augen macht. Aber ich habe volles Vertrauen in Dich. Aber abgesehen davon wollte ich Dir sagen, dass ich diesen Freitag mit Renata nach Hlohovec fahren und mich in dem Lokal umsehen werde. Wir sind am Sonntagabend wieder zurück."

Mit einem ernsten Ton erwiderte Henry „Hoffentlich stellst Du nichts an, sonst muss ich das Lokal mit Mann und Maus dem Erdboden gleichmachen und das kostet dann doch eine Menge Geld, aber das wäre es mir wert."

„Keine Angst Henry, ich habe ja, im Gegensatz zu Dir, eine Anstandsdame dabei. Aber Du kannst Dir nie sicher sein, ob ich Dich nicht überraschend besuchen komme, somit wirst Du schön brav sein, da Du jederzeit in flagranti erwischt werden könntest." Sonja konnte sich ein listiges Lachen nicht verkneifen.

Nach dem Telefonat dachte Henry ernsthaft darüber nach ob Sonja eifersüchtig war. Es erheiterte ihn und gleichzeitig freute er sich darüber. Er schob die Gedanken dann beiseite und beschloss noch einen Abstecher in das Dorfgasthaus zu machen, um eine Kleinigkeit zu essen. Das Gasthaus hatte 7 Tage die Woche geöffnet, was schon eine Besonderheit darstellte. Anderseits hatte in den letzten Jahren das große Wirtshaus sterben eingesetzt und viele Dörfer hatten gar kein Wirtshaus mehr, wodurch dieses Gasthaus der Anlaufpunkt für die umliegenden Ortschaften geworden war.

Da er heute schon im Weinkeller von Albert einiges getrunken hatte, beschloss er seinen Wagen stehen zu lassen und machte sich zu Fuß auf den Weg in das rund eineinhalb Kilometer entfernte kulinarische Zentrum des Dorfes.

Beim Eintreten in die „Harrersdorfer Stube" fiel Henry der intensive Gulaschgeruch auf. Es war nicht viel los, was für einen Montag nicht überraschend war. Der größte Tisch war mit einem Stammtisch Schild gekennzeichnet. An diesem Tisch sah er Albert mit einem Mann im mittleren Alter und einem jungen Mann sitzen. Er grüßte freundlich zum Stammtisch und wollte sich gerade am Nebentisch niederlassen, als Albert ihm zurief „Da geh her und setz Dich zu uns!" Noch ehe Henry sich umdrehen konnte hörte er Albert sagen „Das ist der Fotojournalist, der heute bei mir im Keller saufen war."

„Die Einladung nehme ich gerne an. Henry hallo." Er streckte den Männern seine Hand entgegen.

„Der ist der Johann mein Sohn und der Julius mein Enkel. Der Johann ist der größte Weinbauer hier in der Umgebung." „Uschi bring uns vier Viertel Weißen." Albert hatte offensichtlich nach Henrys Abgang aus dem Weinkeller noch einige Gläser geleert.

„Du bist also Fotojournalist? Mein Vater hat mir erzählt, dass Du einen Bildband über Wein machen willst. Wieso ausgerechnet bei uns?"

„Na ja, dieser Teil von Niederösterreich heißt ja bekanntlich Weinviertel und Eure Ortschaft liegt mittendrin, also warum nicht hier. Außerdem habe ich mich im Internet umgesehen und da bin ich auch auf die Seite von Eurem Weingut gestoßen und habe gesehen, dass Du einige Weine mit Goldmedaillen hast, also musst Du etwas von Wein verstehen und somit habe ich mich entschieden hier mein Buchprojekt zu verwirklichen und vielleicht auch auf Deinem Weingut ein paar Fotos zu machen."

„Wenn Du in Deinem Buch mein Weingut bewirbst, dann können wir darüber reden." Johann lehnte sich selbstzufrieden zurück, hob sein Glas und prostete Henry zu.

Henry hob ebenfalls sein Glas und stellte innerlich fest, dass es die berühmte Bauernschläue doch noch gab.

Drei Gläser und ein Rehgulasch später erhob sich Henry mit der kurzen Bemerkung „Ich muss einmal kurz austreten." und verschwand auf die Toilette. Kaum stand er vor dem Pissoir als die Türe aufging und Julius eintrat und sich zu dem Pissoir nebenan stellte. „Du bist ja Fotojournalist? Fotografierst Du auch Weiber? Du könntest mir ein paar Fotos zeigen. Aber was Gescheites, wo man auch was sieht!"

„Sorry, aber solche Fotos habe ich nicht in meinem Programm."

„Na, Du wirst Sie mir schon noch zeigen!" Julius grinste und verschwand nach draußen.

„Und ich werde Dich im Auge behalten." dachte Henry.

Als er in den Gastraum zurückkam, fand er nur Albert und Johann am Tisch vor. Julius war verschwunden.

An diesem Abend hatte er einiges über das Weingut von Johann erfahren. Obwohl es ihn gejuckt hatte die verschwundenen Frauen anzusprechen, hatte er sich diesbezüglich zurückgehalten. Es war ihm klar, dass er erst einiges an Vertrauen aufbauen musste, um hier dazu etwas zu erfahren.

Als Henry spät am Abend in sein Quartier zurückkam, war er nicht wenig erstaunt, als Beate vor der Türe stand und offensichtlich auf ihn gewartet hatte.

„Hallo, ich wollte nur einmal vorbeischauen, ob alles in Ordnung ist."

Trotz der Dunkelheit entging es Henry nicht, dass Beate einen sehr kurzen Rock anhatte. „Ja, Danke es passt alles, aber was treibt Dich zu so später Stunde hierher?" Beiläufig dachte Henry „Sonja hatte also recht, dass Frauen zu vielem fähig sind."

„Na wir schauen halt auf unsere Gäste und vielleicht möchtest Du noch etwas trinken?" Beate war näher an ihn herangerückt und strich wie beiläufig über Henrys Brust.

Henry machte unbewusst einen Schritt zurück „Das ist sehr nett von Dir, aber es war heute ein anstrengender Tag und ich bin ziemlich müde. Wenn wir es auf morgen verschieben könnten wäre ich Dir sehr dankbar. Morgen wäre perfekt."

Beate war etwas frustriert, ließ sich aber nichts anmerken. „Gut dann komme ich morgen um acht Uhr abends vorbei. Dann wünsche ich Dir noch eine Gute Nacht."

Beate drehte sich um und war auch schon verschwunden.

Henry sperrte sein Quartier auf und sein erster Weg führte ihn unter die Dusche.

In den nächsten Tagen werd ich einmal einige Fotos machen, um meine Geschichte auch für die Einheimischen glaubhaft zu machen.

Am nächsten Morgen machte sich Henry mit seiner Fotoausrüstung auf, um in der Gegend Bilder zu machen und gleichzeitig die Augen und Ohren offen zu halten.

Durch die Kellergasse entlang ging es weiter in die anschließenden Weingärten. Nach dem ersten Weingarten, der links von ihm lag, bemerkte er einen relativ breiten Weg, der in Richtung eines leichten Hügels führte. Er schlug diesen Weg ein und war gerade ein paar Minuten unterwegs, als er einen jungen Mann mit einer Staffelei sah.

Henry blieb kurz stehen und betrachtete den jungen Mann, der offensichtlich gerade dabei war die großartige Landschaft auf Leinwand zu bannen. Als Henry hinter Ihm stand sagte der Mann ohne sich umzudrehen „Ein perfekter Platz zum malen mit so einer großartigen Landschaft". Kaum hatte er den Satz vollendet, drehte er sich um. „Hallo, ich bin der Tobias". Henry streckte ihm die Hand entgegen

„Hallo, Henry. Offensichtlich haben wir beide einen künstlerischen Beruf. Ich bin Fotojournalist und arbeite gerade an einem Bildband über das Weinviertel".

„Interessant," entgegnete Tobias „ich habe in Prag Kunst studiert und gebe hier in der Gegend seit einigen Jahren Malunterricht für Laien.

Henry hob kurz die Augenbrauen. „Sind die Kurse mehr von Frauen oder Männern gefragt?". Tobias setzte ein leichtes Grinsen auf „Grundsätzlich für alle, aber meistens buchen Frauen den Kurs. Ich persönlich habe nichts dagegen". Tobias griff in seinen Rucksack und holte eine Flasche Wein heraus. „Ein guter Schluck gefällig?" Dabei hielt er Henry die Flasche hin. Gläser habe ich keine, Du musst mit der Flasche vorlieb nehmen".

Henry nahm dankend die Flasche, lies sich in der Wiese nieder und nahm einen kräftigen Schluck.

Dann schaute er auf das Etikett und fragte Tobias „Gar kein Wein vom Graber?"

Tobias machte eine verächtliche Handbewegung „der Graber ist zwar der größte Weinbauer hier, aber geizig bis zum erbrechen. Der Visatek lässt wenigstens ab und zu eine Flasche springen. Früher bin ich nach meinem Malkurs mit den ganzen Teilnehmern zum Graber gegangen und viele haben ihm etliche Flaschen Wein abgekauft. Aber weil er nichts springen lässt bin ich seit vergangenem Jahr beim Visatek. Da springt für mich auch was raus".

„Na der Wein vom Visatek ist ja auch ein guter Tropfen" entgegnete Henry und nahm noch einen Schluck. „Wohnst Du hier in der Gegend?"

„Ich habe eine Wohnung in Wien, bin aber vom Frühjahr bis zum späten Sommer hier in Harrersdorf und gebe hier meine Malkurse".

„Wohnst Du da im Gasthaus" fragte Henry nach.

Tobias schaute Henry von der Seite her an und überlegte einen Augenblick „Nein, ich wohne im leerstehenden Elternhaus der Gemeindesekretärin. Ein kleines Bauernhaus aber recht nett.

„Ich wusste gar nicht, dass die Gemeindesekretärin auch ein Haus vermietet". Henry tat etwas überrascht.

„Nun eine richtige Vermietung ist das nicht. Beate lässt mich gegen kleine Gegenleistungen darin wohnen". Tobias schnappte sich die Flasche von Henry und setzte zu einem kräftigen Schluck an.

„Sozusagen ein Zusatzeinkommen an der Finanz vorbei". Henry nickte dabei verständnisvoll.

Tobias begann leise zu lachen „Na das möchte ich sehen, wie das Finanzamt von diesen Gegenleistungen einen Anteil kassieren will. Die

Unterkunft bezahle ich, wie soll ich das am besten ausdrücken, eher in Naturalleistung, wenn Du verstehst, was ich meine".

Henry betrachtet Tobias. Jung, schlank und mit seinen halblangen, leicht gelockten schwarzen Haaren war er ziemlich genau der Typ *Latino Lover.* „Okay, okay, ich kann mir schon vorstellen wie Du Deine Unterkunft bezahlst.

Eine ganze Weile saßen die beiden nebeneinander in der Wiese. „Und läuft mit den Teilnehmerinnen auch hin und wieder etwas?". fragte Henry schließlich.

„Bist Du auf der Suche nach einer Frau?" Tobias grinste über das ganze Gesicht.

„Nicht wirklich, ich habe nur rein aus Interesse gefragt. Ich habe mir aber schon vorgestellt, dass es Frauen gibt, die mehr als Malunterricht wollen."

Tobias wirkte etwas nachdenklich bevor er Henry antwortete. „Naja, es kommt schon vor, dass ich hin und wieder eine Teilnehmerin habe, welche etwas mehr meine Nähe suchet. Es sind meist Frauen so um die vierzig, die von Ihren Männern genug Kohle haben, aber sonst doch sehr unterbeschäftigt sind. Es ist auch kein Geheimnis, dass die große Mehrzahl an Künstlern immer knapp am Hungertuch nagen. Künstler, die es geschafft haben reich zu werden haben in der Regel gute Beziehungen zu Politik und Wirtschaft. Der Rest muss schauen, wie er sein Überleben sichert. Hin und wieder wird dann so eine unterbeschäftigte Gattin meine Muse. Aber nicht im herkömmlichen Sinn. Meine Musen halten finanzielle Sorgen von mir fern, dienen mir aber nicht als künstlerische Inspiration. Andererseits werde ich auch öfter von der Muse geküsst." Tobias begann lauthals zu lachen.

„Ich habe gehört, dass in den letzten Jahren immer wieder junge Frauen verschwunden sind, welche hier Urlaub gemacht haben" fragte Henry mit unschuldiger Mine.

„Das habe ich in vor einiger Zeit in der lokalen Zeitung hier gelesen, aber da wurde berichtet, dass die letzten Spuren immer nach Tschechien geführt haben. Aber Du brauchst keine Angst haben, Männer sind hier noch keine unerklärlich verschwunden. Die letzten beiden die hier verschwunden sind, haben einfach genug von Ihren angetrauten Frauen gehabt und beide sind mit einer jüngeren durchgebrannt, also nichts unerklärliches."

„Kann es sein, dass eine der verschwundenen Frauen bei Dir im Malkurs war?" hackte Henry nach.

„He, Moment mal, ich habe sicher keine verschwinden lassen!" Tobias war recht aufgebracht.

Henry machte mit der Hand eine beruhigende Geste „Langsam junger Freund. Ich wollte weder etwas andeuten noch Dir irgendwas unterstellen. Ich frage nur nach, weil mein Buch über diese Gegend handelt und es vielleicht für den Verkauf schlecht sein könnte, wenn es die Käufer damit in Verbindung bringen."

Das hatte auf Tobias offensichtlich beruhigend gewirkt. „Naja, wenn Du es in der Buchwerbung richtig einsetzt steigert es vielleicht auch Deine Verkäufe. Okay, das wäre den verschwundenen Frauen gegenüber nicht fair, aber heute muss jeder schauen wo er bleibt."

Sonja wartete im Gastgarten des Innenstadtcafé am Graben in Wien auf Renata. Einen Eiscafé vor sich überlegte Sonja ob Sie Henry anrufen soll.

Gerade als Sie zum Telefon greifen wollte spürte Sie eine Hand auf Ihrer Schulter. „Hallo Sonja, tut mir leid, dass ich ein paar Minuten zu spät bin."

„Hallo Renata, schön dass Du Zeit hast. Auch einen Eiscafé?"

„Gerne" Renata ließ sich in den Sessel fallen „war ein anstrengendes Training heute. Aber ein Wochenende mit Dir wird sicher entspannend."

„Das hoffe ich doch" entgegnete Sonja „aber etwas Arbeit ist auch dabei. Ich habe Dir ja schon kurz erzählt, dass Henry und ich an einem Fall arbeiten, wo die Polizei bis jetzt nicht weitergekommen ist. Mein Part ist eine diskrete Ermittlung in Tschechien, wo sich die Spuren verlieren."

„Ich habe mich schon einmal über das Lokal schlau gemacht" Renata grinste Sonja herausfordernd an „klingt nach einem interessanten Konzept. Wie geht es übrigens Deinem Henry?"

Henry ist im Weinviertel untergebracht und soweit ich das bei meinem letzten Telefonat vernommen habe, ist er ganz zufrieden. Als Weinliebhaber im Weinviertel zu sein, kann nur positiv sein. Aber ich glaube wir werden Henry auf unserem Weg nach Tschechien noch einen Besuch abstatten.

„Beruflich?" fragte Renata.

„Natürlich beruflich! Manchmal möchte ich schon Deine Gedankengänge kennen!" Sonja verzog Ihren Mund und schüttelte leicht den Kopf, so als wollte Sie jeden Verdacht von Renata energisch von sich weisen. „Ich hole Dich am Freitag um 10 Uhr zu Hause ab. Ich habe schon ein Hotel in Hlohovec gebucht. Wir werden dann am Sonntag zurückfahren und noch einmal in Harrersdorf einen Zwischenstopp einlegen um mit Henry die Einzelheiten von unserem Aufenthalt in Tschechien zu besprechen."

„Alle Einzelheiten?" Renata konnte sich ein breites Grinsen nicht verkneifen. „Bist Du sicher, dass Henry alle Einzelheiten wissen möchte?"

„Manchmal bist Du wirklich furchtbar" Sonja bemühte sich ein ernstes Gesicht zu machen, brach aber übergangslos vom ernsten Gesicht in lautes Lachen aus.

„Wie wäre es wenn wir noch einen Einkaufsbummel machen? Ich kenne da einige nette Boutiquen in der Gegend".

Renata´s Augen strahlten „Du weißt wie man mich erwischt. Dann zahlen wir und auf geht's zur Shoppingtour."

Henry wanderte mit seiner Kamera durch das Ortsgebiet von Harrersdorf und lies in Gedanken noch einmal sein Gespräch mit Tobias revue passieren. Während er so in Gedanken versunken dahinschlenderte fiel Ihm ein Dunkelblauer Van mit Diplomatenkennzeichen auf, welcher gerade an ihm vorbeifuhr. Der Van hatte verdunkelte Scheiben die den Blick ins innere des Wagen verwehrte. „WD 142" Henry notierte sich das Kennzeichen. Am Dorfplatz lies sich Henry auf einer Bank nieder, nahm sein Handy und schickte Sonja eine Nachricht:

„WD 142" kannst Du feststellen auf wem dieses Diplomatenkennzeichen zugelassen ist? LG Henry

Henry beschloss zum Hof von Johann Graber zu gehen und ein paar Bilder von seinen Weinen und dem Weinkeller zu machen und damit seine Tarnung aufrecht zu halten. Der Hof von Johann Graber lag am Ortsrand von Harrersdorf und war ein stattliches Weingut. Auf dem Weg zu Graber´s Hof erreichte ihn die Antwort von Sonja:

„Hallo mein lieber, das Kennzeichen ist auf den Diplomatischen Corps von Russland in Wien zugelassen. Ich hoffe, dass hilft Dir weiter".

Als Henry in Sichtweite vom Weingut Graber war, fiel Ihm als erstes ein Dunkelblauer Van mit Diplomatenkennzeichen auf. „Aha" dachte Henry „Diplomatenverkehr beim Graber".

Vor der Eingangstüre versperrte ihm ein Kerl, groß wie ein Wandschrank, in dunklem Anzug den Weg. „Sorry, geschlossene Gesellschaft". Der russische Akzent war unverkennbar. Im selben Moment kam Julius Graber aus dem Haus. Er schnappte Henry am Arm und zog in Richtung Straße. Henry folgte Julius mit fragendem Blick. Als Sie rund zwanzig Meter vom Haus entfernt waren, sagte Julius, nachdem er noch einen schnellen Blick zurückgeworfen hatte „Tut mir leid aber das sind russische Diplomaten, die bei meinem Vater hin und wieder Wein kaufen. Die legen aber äußersten Wert auf Diskretion. Sie bringen aber auch immer ein paar Flaschen russischen Wodka mit. Aber nicht das, was es bei uns zu kaufen gibt sondern richtig guten Wodka aus Ihrer Heimat. Das Zeug ist echt der Wahnsinn! Vielleicht schenke ich Dir einmal eine Flasche. Naja machen wir ein Tauschgeschäft. Du weißt ja was ich gerne hätte".

„Ich habe Dir das letzte mal schon erklärt, dass ich solche Fotos nicht mache und auch keine besitze. Also muss ich Dich mit dem Tauschgeschäft enttäuschen und wohl oder übel auf den Wahnsinns Wodka verzichten".

Henry hatte ein breites Grinsen aufgesetzt. „Aber vielleicht kannst Du mir verraten welche Weinsorten die Russen kaufen. Ich mein, vom Alkoholgehalt her muss es Spätlese oder Eiswein sein und die kommen noch lange nicht an einen echten russischen Wodka heran".

„Russen sind vielleicht Wodka gewöhnt, aber beim Wein haben Sie nicht das Stehvermögen" Julius wurde etwas leiser „Ich sage Dir, ich habe hier schon die Russen beim Wein mit einem totalen Absturz gesehen. Liegt vermutlich am Restzucker im Wein in Verbindung mit dem Alkohol. Aber das hat offensichtlich auch schon unser seliger Außenminister Leopold Figl gewusst. Der hat ja bei den Verhandlungen zum Österreichischen Staatsvertrag die Siegermächte zum Heurigen eingeladen. Aber welchen Wein die Russen kaufen kann ich Dir nicht sagen. Dass sind spezielle Kunden vom Vater und da lässt er niemand anderen ran. Aber wir können in den Weinkeller gehen, wenn Du Lust hast."

„Na dann los, ich brauche sowieso noch einige Bilder für mein Buch. Ich hoffe da gibt es auch etwas zum trinken!"

Der Grabersche Weinkeller war nicht weit entfernt und Henry stellte fest, dass der Keller auf dem modernsten Stand der Technik war. Nachdem er sich umgesehen hatte und nur Edelstahltanks erblickt hatte, fragte er Tobias „Habt Ihr keine Holzfässer mehr? Das hier ist ja eigentlich Industriestandard. Für mein Buch würden mir aber schon auch Bilder mit Holzfässern vorschweben. So wie man sich einen gemütlichen Weinkeller halt vorstellt."

Julius machte eine verächtliche Handbewegung „Was willst Du denn mit diesem alten Gebinde? Das hier ist die Zukunft! Leicht zu reinigen und mit den modernen Immer-voll Tank´s ist der Wein immer unter Luftausschluss, da er einen schwimmenden Deckel hat. Bei den Holzfässern musste man immer nachfüllen und leer durften Sie sowieso nicht stehen, da Sie sonst undicht wurden. Aber drei Holzfässer haben wir noch im Hauskeller und mein Vater hat noch einige Holzfässer in seinem persönlichen Keller. Die im Hauskeller kann ich Dir einmal zeigen, aber die von seinem persönlichen Keller wirst Du nicht zu Gesicht bekommen, denn da lässt er nicht einmal uns rein. Da braut er seinen eigenen Haustrunk und den hütet er wie einen Schatz in Fort Knox".

„Wo ist denn der Keller mit dem Haustrunk?" Henry wollte den Keller unbedingt sehen.

„Einen Scheiß werd ich tun und Dir verraten wo der alte seinen Haustrunk braut. Das würde mega Stress ergeben und darauf habe ich überhaupt keinen Bock!" entgegnete Julius ziemlich missgelaunt. „Der Alte würde mich glatt erschlagen oder noch schlimmer er würde mir meinen 911er Porsche einziehen!"

Henry merkte, dass er hier nicht wirklich weiterkam. Trotzdem machte er eine freundliche Mine und machte einige Bilder nicht ohne Julius zu erklären, dass beileibe auch die aktuelle Kellertechnik Platz in seinem Buch finden würde.

Aus einem Besuch im Hause Graber würde heute ohnehin nichts mehr werden.

Um 17 Uhr machte er sich auf den Weg in sein Quartier. Dort angekommen wählte er als erstes Sonja´s Nummer.

„Hallo Henry, wie geht es Dir im Weinviertel?"

„Danke, soweit ganz gut. Außer ein paar eigentümliche Geschichten bin ich noch nicht wirklich weitergekommen. Heute habe ich auf einer Fototour einen jungen Kunststudenten getroffen der hier Malkurse gibt und die Gemeindesekretärin und einige Kursteilnehmerinnen flachlegt."

„Wow, das muss ja ein heißer Typ sein, den musst Du mir unbedingt vorstellen!" Sonja klang richtig erfreut.

„Das kannst Du gleich wieder vergessen, dass ich Dir einen Latino Lover vorstelle, der Dich von Deiner Arbeit ablenkt." Henry hatte eine todernste Stimme angeschlagen.

„Warum nicht, Du hast ja auch Deine Gemeindesekretärin und dann würde ja quasi alles im Dorf bleiben." Sonja konnte sich ein Lachen nicht verkneifen.

„Ich hab noch eine sonderbare Geschichte" ging Henry nicht weiter auf Sonja´s Anspielung ein „ Als ich zu den Graber´s gegangen bin habe ich vorm Haus den Van mit dem Diplomatenkennzeichen gesehen und ein Russe hat mir den Weg ins Haus versperrt. Angeblich geschlossene Gesellschaft. Dann ist aber der junge Graber aus dem Haus gekommen und hat mir erzählt, das die Russen Weinkunden sind und bei Ihrem Einkauf immer auf Diskretion wert legen. Hast Du mehr über unsere Diplomaten erfahren?"

„Leider noch nicht. Du weißt, bei Diplomaten ist es nicht so einfach etwas herauszubekommen. Immunität und Staatsinteressen stehen da ganz im Vordergrund. Aber sobald ich mehr weiß, bist Du der Erste der es erfährt. Ich habe mich übrigens mit Renata getroffen und unseren Tripp nach Tschechien mit Ihr besprochen. Wir werden von Freitag bis Sonntag bleiben. Am Freitag werden wir gegen Mittag noch bei Dir in Harrersdorf einen Kurzbesuch abstatten, Du kannst Deiner Gemeindesekretärin ja sagen, dass Dich Deine beiden Frauen besuchen kommen, vielleicht schreckt Sie das ja ein wenig ab."

„Na dann bin ich wenigstens vorgewarnt. Ich freue mich auf Freitag." Henry legte das Telefon auf die Seite und ging ins Badezimmer um eine heiße Dusche zu nehmen.

Henry hatte sich gerade angekleidet als es an der Türe klopfte. Er schaute auf die Uhr und es fiel ihm ein, dass sich Beate gestern Abend für heute angekündigt hatte nachdem er Sie gestern Abend hinaus komplementiert hatte. Er ging zur Türe und öffnete. Draußen stand Beate und hielt Ihm einen eine Flasche Wein vors Gesicht.

„Heute lasse ich mich nicht abwimmeln." Sie hatte kaum ausgesprochen, schon schlüpfte Sie unter seinem Arm ins Zimmer ging zum Sofa und warf sich darauf. Als Sie saß, griff Sie zum Rocksaum Ihres relativ kurzen und weiten Sommerrockes und zog ihn betont langsam in Richtung Knie. Henry war nicht entgangen, dass Beate Strümpfe und einen Strumpfgürtel anhatte. Er hatte einen kurzen Blick auf Ihren Strapshalter erhascht, als Beate sich auf das Sofa warf.

Henry hob die linke Augenbraue und meinte „Na, sehr sommerlich gekleidet. Ist das nicht etwas kühl?" während er einen Blick auf Ihre weiße Bluse warf, die relativ eng war und offenbarte, dass Beate auf einen BH verzichtet hatte. Henry stellte fest, dass Beate noch einen sehr straffen Busen hatte und aus heiterem Himmel machte sich die Erwähnung von Tobias, wie er seine Miete bei Beate bezahlt, in seinem Kopf breit. Henry´s Kopfkino lief gerade auf Hochtouren, während er Beate anstarrte.

Beate´s Stimme holte Ihn plötzlich wieder in die Realität zurück. „Hast Du Gläser und einen Korkenzieher, ich habe die Flasche Wein nicht zum anschauen mitgebracht."

Henry machte ein reichlich verdutztes Gesicht „Was? Ja natürlich habe ich Gläser und auch einen Korkenzieher, ich hole Sie gleich."

„Sag mir einfach wo ich Sie finde und ich hole Sie. Setz dich in der Zwischenzeit. Als kleine Entschuldigung von mir dafür, dass ich gestern so überfallartig hereingeplatzt bin." Beate war schon aufgesprungen und drückte Henry mit der Hand leicht Richtung Sofa.

„Da vorne im ersten Hängeschrank findest Du die Gläser und in der Lade darunter den Korkenzieher" murmelte Henry während er sich in die Ecke des Sofas setzte und die Weinflasche zur Hand nahm um das Etikett zu studieren. Er wurde aber sehr schnell davon abgelenkt, als er aus den Augenwinkeln sah, wie sich Beate streckte um die Gläser aus dem Schrank zu nehmen. Sie streckte sich dabei wodurch Ihr Rock etwas in die Höhe rutschte und den Blick auf die Strapshalter freigab. Dabei setzte Sie einen Fuß leicht nach hinten und streckte Ihr Hinterteil noch etwas in Richtung Henry. Diese Bewegung sorgte dafür, das der Rock noch etwas höher glitt und einen noch besseren Anblick freigab.

Henry´s Konzentration auf das Etikett war vollkommen dahin, obwohl er noch immer die Weinflasche in der Hand hielt. *Luder elendiges*, dachte er und musste doch feststellen, dass er seine Sitzposition etwas ändern musste, da es etwas eng mit seiner Hose wurde. So versuchte er so unauffällig wie möglich seine Sitzposition zu korrigieren.

„Hast Du diese Gläser gemeint, oder soll ich doch lieber die weiter oben nehmen?" Beate hatte sich kurz zu Henry umgedreht und noch bemerkt, wie er auf dem Sofa leicht hin und her rutschte. Ohne eine Antwort von Henry abzuwarten, stellte Sie umständlich die Gläser wieder in den Schrank um sich danach noch mehr zu strecken und die Gläser weiter oben heraus zu nehmen. „Ich glaube diese Gläser passen besser zu unserem Wein." Sie tänzelte zum Sofa und stellte sich etwas breitbeinig vor Henry hin. „Hier halt mal die Gläser, ich hole noch den Korkenzieher."

Beate wandte sich wieder zum Schrank um aus der Lade den Korkenzieher zu holen. Sie öffnete die Lade und bückte sich nach vorne obwohl der Korkenzieher ganz vorne in der Lade lag. „Na, wo ist den der Korkenzieher?" Beate stand gebückt vor der Lade und bewegte leicht Ihr Hinterteil. Sie drehte den Kopf Richtung Henry, der erstarrt und anscheinend Geistesabwesend war. „Ah, da ist er ja" sagte Sie und nahm den Korkenzieher, tänzelte zum Sofa zurück und drückte Henry den Korkenzieher in die Hand „Öffnen musst Du Sie!" Henry nahm ohne etwas zu sagen den Öffner entgegen und registrierte erstmals den leichten Duft von *Patchouli* den Beate ausstrahlte. Es war ein Duft den er in seiner Jugendzeit sehr gemocht hatte, den er aber schon ewig nicht mehr als Parfüm wahrgenommen hatte. Im selben Augenblick kamen in seinem Kopf viele Jugenderinnerungen auf. Mit Siebzehn hatte er ein

Freundin, die bevorzugt Hippie Kleider trug ohne irgendetwas darunter. Sie meinte damals, das dass die wahre Freiheit ist. Außerdem war Sie verrückt auf den Duft von Patchouli.

Henry war ganz von diesen Erinnerungen gefangen, bis er bemerkte, dass sich Beate in die andere Ecke des Sofas gesetzt hatte. Gesetzt war hier nicht der richtige Ausdruck. Sie hatte den rechten Oberschenkel auf dem Sofa liegen und den Fuß abgewinkelt, während der andere Fuß auf den Boden gestellt war, so dass Sie frontal und relativ breitbeinig Ihm gegenüber saß.

Henry hatte die Flasche geöffnet und schenkte beide Gläser ein, während er Beate fragte „Sag, hast Du keine Angst wenn Du so leicht bekleidet am Abend unterwegs bist? Schließlich sind in der Gegend in den letzten Jahren sechs Frauen spurlos verschwunden."

Beate schaute Ihn fragend an „Das interessiert Dich offensichtlich sehr, wie ich gehört habe. Aber soviel mir bekannt ist sind die Frauen in Tschechien verschwunden und nicht bei uns."

„Ich nehme an, Du hast von Tobias gehört, dass ich ich Ihn danach gefragt habe. Aber ich habe auch Tobias schon gesagt, dass es mir um die Reputation von meinem Buch geht, da dieses ja über Eure Gegend berichtet. Übrigens habe ich auch gehört, wie Tobias seine Miete zahlt." Henry hatte ein herausforderndes Grinsen aufgesetzt.

„Ach, Tobias ist ein netter Kerl, aber er redet viel, wenn der Tag lang ist, das darfst Du nicht alles für bare Münze nehmen. Ich finde richtige Männer wesentlich anziehender, als Testosteron gesteuerte junge Männer."

Henry hackte nach „Das Du richtige Männer anziehender findest schließt aber wahrscheinlich nicht aus einen jungen Latin Lover einfach links liegen zu lassen?"

Beate streckte Henry Ihr Glas hin „Prost" sagte Sie und nahm einen Schluck mit dem festen Vorsatz das Thema Tobias damit endgültig zu beenden.

Henry hob sein Glas „Na dann, Prost". Beate rutschte auf dem Sofa mit Ihrem Hinterteil etwas nach vor, wodurch Ihr ohnehin kurzer Rock etwas höher rutschte. Gleichzeitig spreizte Sie Ihr Beine und Henry hätte beim anstoßen fast das Glas zerbrochen, als er bedingt durch Beates Bewegungen bemerkte, dass Sie keinen Slip anhatte.

Beate neigte sich etwas näher zu Ihm und flüsterte „Gefällt Dir, was Du siehst?"

Am nächsten Morgen wachte Henry stöhnend auf. Sein Schädel brummte und er hatte das Gefühl, dass sich eine Tunnelbohrmaschine durch seinen Schädel arbeitet. Henry brauchte einige Minuten um soweit klar zu sein, dass er einen Blick auf seine Armbanduhr werfen konnte. „Scheiße, halb Zwölf" dachte er. Er hievte sich aus dem Bett und tappte über die Stiegen ins Bad. Die kalte Dusche holte Ihn wieder etwas mehr ins Leben zurück. Nach der Dusche ging er in die Küche und löste sich eine *Alka Seltzer* Tablette in einem Glas Wasser und goss es in einem Zug hinunter. Dann setzte er sich auf das Sofa und schloss für zehn Minuten die Augen um abzuwarten das die Kopfschmerzen nachließen und wieder klar denken zu können.

Henrys Erinnerungsvermögen war stark getrübt. Er wusste, dass Beate gestern Abend vorbeikam mit einer Flasche Wein. Das es letztendlich mehr als eine Flasche Wein wurde war Ihm klar. Während er versuchte seine Gedanken zu ordnen bemerkte er einen leichten Patchouli Duft, der in der Luft hing. In dem Moment wo er den Duft registriert hatte zogen vor seinem geistigen Auge Fetzen von Bildern vorbei. Im Eilzugtempo rasten die Bilder vorbei. Ein Kurzer Sommerrock, Strapse, eine enge Bluse, Beate, die sich zu Ihm beugte und *„Gefällt Dir was Du Siehst"* flüsterte. Dann rissen die Bilder ab und sosehr sich Henry mühte mehr Erinnerungen abzurufen, es gelang ihm nicht. Die aufreizenden Worte von Beate waren das letzte was in seinem etwas angeschlagenem Gedächtnis vorhanden war.

„Eine nette Gegend hier, die sanften Hügel und immer wieder die netten Kellergassen. Das wirkt so beschaulich im Gegensatz zu Wien." Sonja und Renata waren gerade auf dem Weg nach

Harrersdorf. „Manchmal trügt aber auch die Idylle" entgegnete Sonja „Ich möchte nicht hinter so manche Fassade schauen."

Sonja blickte auf das Navi. „10 Uhr 30 und noch 22 Kilometer nach Harrersdorf. Da liegen wir perfekt in der Zeit."

„Hast Du Henry nochmal angerufen, dass wir unterwegs sind?" Renata schaute Sonja mit einem fragenden Blick an.

„Nein, wozu auch, ich habe Ihm ja gesagt,dass wir am Freitag vorbeikommen."

„Na hoffentlich ist er auch da."

„Da brauchst Du keine Angst haben, Henry ist nicht unbedingt der Morgenmensch. So wie ich ihn kenne sitzt er gerade bei seinem ersten Kaffee, und bis er auf Betriebstemperatur ist vergeht sicher noch eine Stunde und wir haben gute Chancen, dass wir einen frisch zubereiteten Kaffee bekommen. Sozusagen unser zweites Frühstück." Sonja lächelte zufrieden.

Henry nahm seinen Kaffee, schlenderte zum Sofa und blätterte seine Notizen durch. Bei seinen Fragen nach den verschwundenen Frauen war er de facto noch nicht weitergekommen. Meistens wurde das Thema von seinen Gesprächspartnern mit ein paar harmlosen Erklärungen schnell beiseite gewischt. Echte Verdächtige hatte er auch noch nicht feststellen können. Eines war ihm allerdings klar geworden. Hier hatte jeder etwas zu verbergen oder seine persönliche Leiche im Keller liegen. Viele dieser *Leichen* waren harmlos, manche dafür wesentlich gravierender, aber keine davon passte so richtig zu dem Fall der verschwundenen Frauen.

Die letzten beiden Tage hatte er im Zuge seiner Fototouren mit einigen Einheimischen Kontakt gehabt und dabei herausgehört, dass Johann Graber nicht unbedingt beliebt war, was aber nur hinter vorgehaltener Hand unter dem Siegel der Verschwiegenheit erzählt wurde. Offensichtlich hatte Johann Graber hier in der Gegend sehr viel Einfluss und keiner wollte es sich mit ihm verscherzen. Es wurde erzählt, dass Graber saumäßig viel Geld hat, dass er mit Russen Geschäfte macht und jähzornig ist er auch. Einheilig war aber die Meinung zu Julius „Julverne" Graber. Dieser sei ein besonderer Spinner, der sich manche Stückchen geleistet hat. So wurde Henry berichtet, dass Julius mit Vorliebe in der Gegend herumschleicht und Eichhörnchen aber auch Katzen mit einem Holzprügel erschlagen hat. Sein Vater hat das aber immer ausgebügelt und die Katzenbesitzer jedes mal entschädigt. Auch, dass Julius schon zweimal bei Verkehrskontrollen durch Drogen aufgefallen ist hat offensichtlich sein Vater aus der Welt schaffen können.

Allmählich ist bei Henry das Bild von einer Dorfprominenz entstanden, die es sich gerne durch Ihre Beziehungen richtet.

Ein Hupgeräusch holte Henry aus einem Gedanken. Er stand auf und ging zum Fenster um nachzusehen wer hier hupte. Vor dem Haus erkannte Henry Sonjas Wagen. Als Sonja und Renata gerade ausstiegen stand Henry bereits in der Türe und winkte den beiden freudig zu.

„Hallo ihr beiden, es freut mich euch zu sehen. Kommt rein der Kaffee ist fertig." Sonja blickte zu Renata und sagte: "Siehst Du, ich habe mit meiner Einschätzung recht behalten und so kommen wir zu unserem zweiten Frühstück."

„Welche Einschätzung fragte Henry". Sonja grinste und sagte zu Henry „Ach Renata hatte Bedenken dass Du nicht zugegen bist. Ich habe Sie aber beruhigt und ihr gesagt dass Du kein Morgenmensch bist und wahrscheinlich gerade bei Deinem ersten Kaffee sitzt. Und ich habe Ihr auch versprochen dass wir hier ein zweites Frühstück bekommen."

Na dann kommt rein und macht es euch gemütlich.
Mit einer Handbewegung deutete er auf die Türe.
Sonja und Renata ließen sich nicht zweimal bitten.

„Einen Kaffee vertragen wir beide auf alle Fälle nach
der Autofahrt."

Nachdem sich die beiden beim Tisch gemütlich
niedergelassen hatten und Henry den Kaffee serviert
hatte fragte er Sonja. „Na was gibt es bei Dir neues?"

„Also über die russischen Diplomaten habe ich nicht
viel mehr herausgefunden. Aber über Deinen Tobias
von dem Du mir erzählt hast, habe ich recht
interessante Fakten. Dieser Tobias Sigl hat jedes Mal
nach dem Verschwinden unserer letzten drei Frauen,
relativ kurz danach seine Handynummer gewechselt.
Das ist etwas eigenartig, denn selbst wenn man
heute sein Handy verliert nimmt man die Nummer
normalerweise mit. So erspart man sich sehr viel
Arbeit die neue Nummer wieder an alle Bekannten
zu verteilen."

Sonja machte ein nachdenkliches Gesicht. Henry überlegte kurz „Bei so einem Latin Lover kann es aber auch andere handfeste Gründe für einen Nummernwechsel geben. Allerdings ist der Zeitpunkt des Nummernwechsel sehr interessant und nicht ganz unverdächtig. Ich werde mir diesen Tobias noch einmal genauer zur Brust nehmen."

Sonja meinte mit einem verschmitzten Lächeln „Den Burschen könnte ich mir aber auch zur Brust nehmen."

Henry winkte mit ernstem Gesicht ab „Das würde Dir so passen. Kommt sicher nicht in Frage. Ich werde das zu verhindern wissen, dass Du so einem Latin Lover in die Fänge gerätst."

Renata konnte das Lachen nicht zurückhalten „Du brauchst Dir keine Sorgen machen Henry, ich werde Sonja natürlich begleiten wenn Sie diesen Tobias so richtig in die Mangel nimmt."

Henry machte eine richtig böse Miene und sagte zu den beiden „Es reicht schon wenn ihr beide in diesem anrüchigen Lokal in Tschechien ermittelt, da habt ihr sicher genug zu tun."

Renata blickte Henry Direkt in die Augen „Da werden wir sicher unseren Spaß haben."

„Nicht vergessen" meinte Henry „Ihr seid zum Arbeiten dort."

„Mach Dir nur keine Sorgen" sagte Sonja. „aber es ist nun mal so, Arbeit die keinen Spaß macht ist nur das halbe Vergnügen. Ich habe übrigens meine Verbindungen spielen lassen und einen Termin mit der tschechischen Polizei vereinbart und bekomme volle Akteneinsicht. Wir werden sehen ob wir dort Anhaltspunkte finden, die uns weiterhelfen."

„Was hast denn Du in der Zwischenzeit so getrieben Henry? Hast Du schon irgendwelche Ergebnisse oder bist Du nur von einer Weinverkostung zur nächsten gezogen?"

Ich wusste gar nicht dass ich bei Dir so einen Ruf habe" sagte Henry mit einem breiten Grinsen.

„Ich weiß in der Zwischenzeit das Graber mehr gefürchtet als geliebt ist. Offensichtlich hat er gute Verbindungen und kann sich einige Dinge so richten wie er es braucht. Der Junge Graber verhält sich offensichtlich manchmal etwas, na sagen wir mal, sonderbar. Das Thema der verschwundenen Frauen ist hier in der Gegend offensichtlich kein wirkliches Thema. Zumindest schiebt es jeder mit dem Du redest zur Seite und ist der Meinung dass die Frauen ja, nach allem was man weiß, in Tschechien verschwunden sind. Aber natürlich muss ich behutsam vorgehen um meine Tarnung nicht vorzeitig auffliegen zu lassen denn so wie ich das sehe würden die Leute sonst sofort dicht machen."

Als sich Sonja und Renata verabschiedeten, begleitete Henry die beiden vor die Türe. Sonja ging plötzlich zu Henrys's Auto und zog einen Zettel unter dem Scheibenwischer hervor. Sonja wedelte mit dem Zettel vor Henry's Nase und bemerkte „Na bekommst Du schon Liebesbriefe?"

Henry schnappte sich mit verärgerten Gesicht den Zettel faltet ihn auf und lass folgende Zeilen: *Muss Sie dringend sprechen heute Abend 21 Uhr Poysdorf am Hauptplatz beim Brunnen R.R.*

Sonja hatte sich dicht zu Henry gedrängt um auch einen Blick auf die Nachricht zu erhaschen. Mit einem schelmischen Blick schaute Sie seitlich zu Henry auf „Blond oder Dunkelhaarig?"

„Keine Ahnung" sagte Henry „und zu R.R. fällt mir eigentlich niemand ein. Aber spätestens heute am Abend weiß ich hoffentlich wer der oder die ominöse R.R. ist.

„Das könnte vielleicht interessant werden. Schade dass wir zu diesem Zeit schon in Tschechien sind. Halt mich auf dem Laufenden und pass auf Dich auf Henry, wir machen uns jetzt auf den Weg."

Sonja schnappte Renata beim Arm und zog Sie Richtung Wagen. Aus dem Wagen winkten Sie Henry, der noch immer mit nachdenklichen Gesicht da stand, noch kurz zu.

„Glaubst Du wirklich dass es eine Nachricht von einer Verehrerin war."

„Nein, Renata das glaube ich ganz und gar nicht, ich denke eher dass irgendwer irgendwas zu erzählen hat, aber ob es mit unserem Fall zu tun hat kann ich wirklich nicht sagen. Vielleicht will irgendwer seinen Dorftratsch loswerden. Aber ich gehe davon aus das Henry mich benachrichtigt was hinter diesem Treffen steckt."

Renata seufzte kurz „Na schauen wir einmal was uns in Tschechien erwartet."

„Das wird sicher ganz spannend" entgegnete Sonja „ich bin schon auf diese Disco für Frauen gespannt. Mal sehen, ob dieses Konzept wirklich so gut ankommt."

Urplötzlich befand sich ein weißer Porsche neben Ihrem Wagen und hupte wie wild. Renata schaute hinüber und fragte aufgebracht „Was will denn dieser Idiot?" Während Sie noch diese Frage stellte, sah Sie, wie der Fahrer des Porsches seine Hand zum Mund führte und eine obszöne Geste vollführte. Sonja stieg voll in die Eisen und brachte den Wagen zum Stehen. Auch der Porsche wurde abrupt abgebremst und blieb vor Sonja´s Wagen stehen.

Aus dem Porsche stieg ein junger Mann und kam zur Fahrertür. Sonja öffnete das Fenster einen Spalt und fragte „Was soll das werden?"

Der junge Mann lehnte sich lässig an Sonjas Wagen und meinte „Na ihr zwei hübschen Schnecken habt ihr Lust auf einen 3er?" Renata riss die Wagentür auf und war mit ein paar schnellen Schritten auf der Fahrerseite. Mit Ihrem süßesten Lächeln fragte Renata den jungen Mann „Einen 3er möchtest Du? Natürlich habe ich Lust darauf." Blitzschnell schlug Sie den jungen Mann mit der rechten Hand dreimal ins Gesicht. Der junge Bursche ging stöhnend in die Knie und konnte gar nicht fassen was ihm gerade passiert war und warum sich eine Blutspur auf dem Boden zeigte.

„Das ist meine Vorstellung von einem guten 3er" lächelte Renata „und das nächste Mal überlege Dir ganz genau ob Du noch einmal fremde Frauen so blöd anmachst."

„Blödes Arschloch" meinte Renata nachdem Sie wieder in den Wagen eingestiegen war. Sonja schnappte ihr Telefon und tätige einen kurzen Anruf. Nachdem Sie aufgelegt hatte, drehte Sie sich zu Renata.

„Wow, das war eine kurze und bündige Antwort, alle Achtung."

Sonja setzte den Wagen ein Stück zurück und die beiden rauschten ab. Im Rückspiegel sah Sie noch den weißen Porsche und den jungen Mann, der noch immer auf der Straße kniete.

„Keine Angst, der erholt sich schnell wieder" sagte Renata „aber ich glaube sein Ego wird sich nicht so schnell erfangen wie sein Nasenbluten."

Nach ein paar Minuten läutete Sonjas Telefon.

„Okay, vielen Dank, Du hast etwas gut bei mir."

Sonja beendete den Anruf und Renata blickte Sie fragend an.

„Das war der Rückruf von einem Freund, der für mich eine Kennzeichenabfrage gemacht hat. Der Porsche ist auf einen Johann Graber aus Harrersdorf zugelassen. Das ist der Weinbauer, von dem ich Dir vorgestern erzählt habe, der mit den russischen Kunden. Aber der Fahrer war sicher sein Sohn der Julius, von dem hat mir Henry schon berichtet, dass er etwas eigenartig ist. Der 3er war sicher nicht nach seiner Vorstellung!" Sonja lachte schadenfroh.

Sonja und Renata waren gerade 10 km vor der tschechischen Grenze, als Sie eine Polizeistreife überholte und an den Fahrbahnrand winkte. Renata schaute Sonja an „So schnell sind wir aber auch nicht gefahren."

Die beiden Polizisten stiegen aus dem Wagen und gingen auf Sonjas Auto zu. Der eine Polizist postierte sich bei der Beifahrertür, während der zweite zur Fahrertür ging. Er klopfte an die Scheibe und gab Sonja Zeichen die Scheibe herunter zu lassen.

„Guten Tag, Fahrzeug- und Personenkontrolle. Ihre Ausweise, Führerschein und Fahrzeugpapiere bitte."

Sonja und Renata kramten Ihre Papiere aus den Taschen und übergaben Sie dem Polizisten. Der ging mit den Papieren hinter den Wagen und kontrollierte das Kennzeichen. Anschließend kam er wieder zur Fahrertür und teilte Sonja und Renata ohne eine Miene zu verziehen mit "Es liegt eine Anzeige wegen Körperverletzung gegen Sie beide vor. Wir fahren jetzt zur nächsten Polizeidienststelle und Sie fahren hinter uns her. Dort werden wir eine Befragung zu diesem Vorfall machen."

Der Polizist behielt die Papiere bei sich und stieg mit seinem Kollegen in den Wagen ein.

„Scheiße" sagte Renata „und wie kommen wir aus dieser Nummer wieder heraus?"

„Wir werden jetzt einmal brav hinter den beiden zur Polizeidienststelle her fahren" sagte Sonja „aber zwischendurch muss ich noch schnell einen Anruf tätigen."

Sonja wählte Henris Nummer und als er abgehoben hatte, schilderte Sie Henry im Schnelldurchgang was vorgefallen war.

Henry hörte aufmerksam zu und als Sonja mit Ihrer Schilderung durch war, sagt er nur „Okay ich schaue was ich tun kann." Und damit legte er auf.

Auf der Polizeidienststelle angekommen waren die beiden Polizisten rasch aus Ihrem Wagen gestiegen und standen sofort bei Sonja und Renata. Die beiden Polizisten brachten Sonja und Renata in ein Dienstbüro und wiesen Sie an Platz zu nehmen.

Dann verschwanden Sie aus dem Zimmer. Kurz darauf kam ein ranghöherer Polizist ins Zimmer und setzte sich hinter den Schreibtisch. Er hatte alle Papiere von Sonja und Renata bei sich und legte diese langsam auf den Schreibtisch. Nachdem er die beiden abwechselnd ernst angeschaut hatte begann er "Nun meine Damen, Sie werden beschuldigt vor rund einer halben Stunde einen jungen Mann mitten auf der Straße niedergeschlagen zu haben. Wir werden jetzt ein Protokoll aufsetzen, welches sie beide im Anschluss unterschreiben."

Sonja richtete sich im Sessel auf und meinte "Bevor wir nicht unsere Sicht der Dinge hier geschildert haben, unterschreiben wir sicher nichts."

Renata fauchte "Dieser Arsch hat uns auf der Straße geschnitten, zum Anhalten genötigt und dann sexuell belästigt. Und das werden Sie jetzt als Anzeige aufnehmen."

Der Polizist nahm die Papiere von den beiden und klopfte damit langsam auf den Tisch.
„Ich werde Ihnen jetzt einmal erklären wie das hier läuft. Sie beide haben einen jungen Mann auf der Straße zusammengeschlagen. Das ist, was hier zählt und was Sie beiden mir hier auftischen wollen interessiert mich überhaupt nicht."

Er stand auf, ging zur Türe und drehte sich noch einmal um.

„Sie haben jetzt genau 15 Minuten Zeit um zur Vernunft zu kommen. Ansonsten werden wir das anders lösen."

Als der Polizist den Raum verlassen hatte schlug Sonja mit beiden Fäusten auf den Tisch. „Ich glaube ich bin im falschen Film! Was bildet sich dieser Vollidiot eigentlich ein. Der bekommt sicher keine Unterschrift von uns."

„Ist das nicht ein klassischer Fall von Polizeiwillkür?" Renata war in Ihrem Stuhl etwas zusammengesunken. „Und was machen wir jetzt?"

„Abwarten und Tee trinken" antwortete Sonja. „Dieser hinterhältige Hund zeichnet sicher die Gespräche hier im Raum auf."

Sie legte Ihren Zeigefinger auf die Lippen und deutete Renata nichts mehr zu sagen. Entspannt lehnte Sie sich in Ihrem Sessel zurück und streckte Ihre Beine weit von sich.

Sonja war offensichtlich die Ruhe selbst, während Renata etwas nervös mit Ihren Fingern herum spielte. So saßen Sie nebeneinander und harrten der Dinge die da kommen sollten.

Henry war in der Zwischenzeit nicht untätig gewesen. Nach zwei Telefonaten ließ er sich zufrieden auf dem Sofa nieder. Er blickte auf seine Uhr und murmelte „Wäre doch gelacht wenn wir das nicht geregelt bekommen."

Im Dienstzimmer der Polizei öffnete sich die Tür und der Polizist kam mit einigen Zetteln herein und ließ sich auf seinen Stuhl fallen. „So meine Damen, Sie haben genug Zeit zum Überlegen gehabt und ich gehe davon aus, dass Sie zur Vernunft gekommen sind."

Mit diesen Worten schob er Renata und Sonja je einen A4 Zettel hinüber, nahm einen Kugelschreiber und sagte süffisant „Sie brauchen nur hier unten unterschreiben dann werde ich dafür sorgen dass es für Sie nicht allzu schlimm ausgeht."

Sonja machte einen Blick auf das Schreiben, nahm beide Zettel und wischte Sie mit einer schnellen Handbewegung in Richtung des Polizisten. „Ihnen ist hoffentlich klar dass diese Aktion hier Ihnen Ihren Job kosten wird."

„Der Polizist richtete sich in seinem Stuhl auf, schaute Sonja Direkt in die Augen und sagte zu ihr "Sie haben keine Ahnung mit wem Sie hier reden. Ich bin hier der Postenkommandant und deswegen bestimme ich hier auch die Regeln und beschweren können Sie sich beim Salzamt! Und jetzt unterschreiben Sie gefälligst das Protokoll!

Sonja lehnte sich zurück und verschränkte Ihre Hände, als das Diensthandy des Polizisten klingelte.

Er stand auf und ging in eine Ecke des Raumes während er abhob. Nachdem er einige Zeit zugehört hatte fragte er „Bist Du ganz sicher? Ich habe das Protokoll bereits fertig und die beiden brauchen nur mehr unterschreiben."

Wieder verging eine Zeit mit zu hören am Telefon bevor der Polizist sagte „Na wenn Du meinst?"

Er warf das Handy auf den Schreibtisch, nahm die Protokolle, zerriss diese und warf Sie in den Papierkorb. Mit einem verächtlichen Blick auf die beiden Frauen sagt er ja lapidar „Sie können gehen, die Anzeige wurde zurückgezogen." Mit diesen Worten nahm er die Papiere von Sonja und Renata warf diese vor den beiden auf den Tisch und sagte noch „Und sehen Sie zu, dass Sie sich hier nicht mehr blicken lassen." Daraufhin verließ er den Raum und knallte die Türe zu.

Renata schaute Sonja überrascht an. Doch Sonja schnappte die Papiere steckte Sie in die Tasche, nahm Renata am Arm und Sie verließen beide mit raschem Schritt die Polizeiinspektion. Wieder im Wagen sagte Sonja „Ich glaube das haben wir Henry zu verdanken aber das werden wir gleich wissen, nahm das Telefon und wählte Henrys Nummer.

„Hallo Henry, Sie haben uns gerade wieder rausgeschmissen, ich denke das haben wir Dir zu verdanken. Aber das Verhalten dieses Abteilungsinspektors werde ich sicher nicht ignorieren. Dieses Verhalten wird ihm noch lange zu denken geben."

Henry lächelte, denn er wusste, das Sonja einen guten Freund in der Disziplinarkommission der Polizei hatte.

Henry lies sich kurz von Sonja die Begebenheiten auf der Polizeiinspektion schildern.

„Ich denke der Graber hat auch Einfluss auf den Postenkommandanten, deswegen habe ich ihn gerade angerufen und ihm erklärt dass zwei Freundinnen von mir von seinem Sohn sexuell belästigt wurden und jetzt eine Anzeige wegen Körperverletzung gegen die beiden vorliegt. Nachdem ich ihm erklärt habe dass solche Vorkommnisse in meinem Buch wahrscheinlich dem Ruf seines Weingutes nicht sehr förderlich sind, hat er mir zwar erklärt, er hat keine Ahnung von welchen Vorkommnissen ich rede, aber es hat offensichtlich seine Wirkung getan."

„Dann war das wahrscheinlich der Graber der den Postenkommandanten angerufen hat. Gleich nach diesem Anruf hat er die Protokolle zerrissen und uns unsere Papiere hin geschmissen und gemeint wir sollen gehen und uns hier nie wieder blicken lassen."

„Na dann wünsche ich euch eine gute Weiterreise und lasst euch nicht wieder von der Polizei aufhalten. Ich werde jetzt einmal dem Julius einen Besuch abstatten. Mal sehen was er mir darüber zu erzählen hat."

„Danke Henry, ich werde Dich am Laufenden halten was unser Besuch in Tschechien möglicherweise ergibt."

Zu Renata gewandt meinte Sonja „Ich habe mit meiner Vermutung recht gehabt. Es war Henry, der unseren Arsch gerettet hat. Er hat den Graber angerufen und ihm erklärt, dass es zwei Freundinnen von ihm sind, die eine Anzeige wegen Körperverletzung auf dem Hals haben weil Sie sich gegen sexuelle Belästigung seines Sohnes gewehrt haben. Henry hat Graber weiters angedeutet, dass das Weingut Graber in seinem Buch wahrscheinlich nicht sehr gut wegkommen würde. Daraufhin hat offensichtlich der Graber den Schwanz eingezogen und den Postenkommandanten angerufen um die Anzeige zurückzuziehen."

Henry schnappte sich seinen Wagen und fuhr zum Weingut vom Graber. Er parkte den Wagen und ging zur Türe, als diese aufging und Julius mit gesenktem Kopf an Henry vorbeirauschen wollte. Henry packte Julius beim Arm und hielt ihn auf. „Ist dein Vater da?"

Julius riss sich los und schrie nur „Der Alte sitzt drinnen."

Henry entging nicht das verschwollene linke Auge von Julius. Er ging ins Haus und fand in der großen Küche Johann Graber, der gerade eine Flasche Wein aufmachte und sich ein Glas voll einschenkte.

Johann Graber schaute Henry an und sagte „Gut dass Du kommst, ich wollte sowieso mit Dir reden. Setz Dich her und schenk Dir was ein."

Henry nahm Platz, schnappte sich ein Glas und die Flasche und schenkte sich ein Glas ein „Prost" sagte Henry.

„Prost" Johann streckte Henry sein Glas entgegen und lehrte es auf einem Zug.

„Wegen Deinem Anruf vorhin wollte ich die Geschichte mit Dir ausreden. Ich habe mit Julius ein ernstes Wort gesprochen und ich hoffe die Geschichte ist damit aus der Welt geschafft."

Henry machte ein überraschtes Gesicht. „Hast Du mir am Telefon nicht gesagt dass Du keine Ahnung hast wovon ich rede?"

„Na ja, Julius ist mit einer blutenden Nase nach Hause gekommen und dann wollte ich von ihm wissen, was er schon wieder aufgeführt hat. Er wollte mir zuerst nichts erzählen, aber ich habe ihn dann doch dazu gebracht."

„Nur eine blutende Nase?" fragte Henry. „Ich habe gerade gesehen, dass er ein ganz verschwollenes Auge hat.

Mit einem leichten Seufzer sagte Johann „Das hat er von mir und nachher hat er mir auch erzählt was vorgefallen ist dieser Vollidiot."

„Naja, auch ein Methode die Jugend zum reden zu bringen." Henry hob leicht die Augenbrauen.

„Julius ist ja eigentlich ein anständiger Bursche, aber manchmal glaubt er, dass er der größte ist und dann gehen seine Hormone mit ihm durch. Wer sind denn eigentlich diese zwei Freundinnen von Dir?"

Henry nahm genüsslich einen Schluck bevor er Johann antwortete „Das ist meine Verlegerin und Sie war heute bei mir, um zu schauen wie es mit meinem Buch weitergeht. Sie hat eine Freundin mitgenommen, weil sich die beiden nachher noch etwas die Gegend ansehen wollten."

„Deine Verlegerin? Kannst Du noch einmal mit Ihr reden und Ihr erklären, dass Julius in Ordnung ist, nur halt manchmal mit etwas jugendlichen Leichtsinn behaftet?

„Ich glaube schon, dass sich das machen lässt, aber das kostet Dir sicher einige Flaschen von Deinem besten Wein."

„Darüber mach Dir mal keine Gedanken. Ich werde Dir für Deine Verlegerin ein paar Flaschen von meinen besten prämierten Weinen mitgeben."

Nachdem Henry in verlassen hatte, ging Johann Graber in die Garage wo er Julius bei seinem Porsche fand. „Er packte Julius mit der linken Hand beim Kragen und hob drohend die rechte Faust.
„Du Vollidiot, das war die Verlegerin von Henry die Du blöd angegangen bist. Noch einmal so eine

Aktion und Du Siehst aus dem rechten Auge auch nicht mehr heraus. Und Deinen Wagen verkaufe ich dann sofort!" Mit dieser Drohung ließ er ihn los und ging wütend ins Haus.

Julius verkroch sich in seinem Porsche und bemitleidete sich selbst.
„Scheiß Weiber, scheiß Weiber" murmelte er in sich hinein.

Henry schaute auf die Uhr: 20 Uhr 50. Am Hauptplatz waren noch einige Leute unterwegs und Henry blickte sich sehr aufmerksam um. Er war gespannt wer ihm die Nachricht hinterlegt hatte. Die Frage war ob überhaupt wer erscheinen wird. Henry spazierte langsam um den Hauptplatz herum und fand sich um 20 Uhr 58 wieder beim Brunnen ein. Plötzlich steuerte ein junger Mann auf ihn zu und sprach ihn an.

„Sind Sie der Fotojournalist?"

Henry versuchte sich zu erinnern ob er den jungen Mann schon einmal gesehen hatte. Er kam aber zu keinem Ergebnis. Nachdem er kurz genickt hatte drückte ihm der junge Mann ein Kuvert in die Hand und sagte "Das soll ich Ihnen geben."

„Von wem haben Sie das bekommen?" fragte Henry.

„Keine Ahnung wer das war. Vor einer halben Stunde hat mich ein Mann angesprochen und mir 20 € bezahlt damit ich Ihnen das Kuvert übergebe."

„Wie hat der Mann ausgesehen" fragte Henry.

„He Mann, keine Ahnung. Darauf habe ich nicht geachtet, dass interessiert mich auch nicht wirklich." Er drehte sich um und verschwand in die nächste Seitengasse.

Henry blickte dem jungen Mann noch kurz nach und eröffnete dann das Kuvert. Darin fand sich ein Zettel auf dem stand: *Kommen Sie auf die Rückseite der Kirche da ist weniger los.*

Henry blickte sich kurz um und sah den Kirchturm. Also macht er sich auf den Weg zu der Kirche. Vor dem Haupttor der Kirche blieb er kurz stehen und überlegte ob er links oder rechts der Kirche zur Rückseite gehen sollte. Er entschied sich für die linke Seite und ging am Seitenschiff der Kirche nach hinten. Kaum hatte er das hintere Ende erreicht und wollte gerade um die Ecke auf die Rückseite gehen, als es um ihn herum finster wurde.

Als Henry wieder zu sich kam merkte er als erstes das sein Schädel brummte. Er brauchte einige Zeit um wieder soweit bei Sinnen zu sein halbwegs klar denken zu können. Er lag auf dem Boden und versuchte mühsam aufzustehen. Er stützte sich mit den Händen an der Kirchenwand ab und richtete sich langsam auf. Dann griff er sich auf den Kopf und spürte etwas feuchtes. Verwundert blickte er auf seine Hand und bemerkte dass Sie blutig war. Henry lehnte sich an die Kirchenwand und versuchte sich zu erinnern was passiert war. Langsam arbeitete sein Gedächtnis wieder fast im Normalzustand. Er erinnerte sich, dass er links an der Kirche vorbei gegangen war und als er nach hinten um die Ecke bog es finster wurde. Er blickte sich um konnte aber niemand entdecken was in aber jetzt nicht überraschte. Während er so herum blickte sah er ungefähr 2 m von sich entfernt eine Holzlatte liegen. Henry wankte zu der Holzlatte und bückte sich mühsam um Sie aufzuheben. Er sah, dass die Holzlatte an einem Ende Blutspuren aufwies.

„Verdammt noch einmal" sagte Henry leise, „was sollte das werden."

Offensichtlich hatte jemand etwas gegen ihn. Aber wer das sein könnte war ihm nicht ganz klar. Er schleppte sich langsam zu seinem Wagen und blieb noch eine ganze Weile darin sitzen, bevor er zurück nach Harrersdorf fuhr. In Harrersdorf angekommen ging als erstes in das Badezimmer und versuchte zu sehen wie groß seine Wunde am Kopf war.

Erleichtert stellte er fest dass es nur eine leichte Wunde war, die nicht genäht werden musste. Henry reinigte und desinfizierte die Wunde. Danach warf er sich noch eine Kopfschmerztablette ein, legte sich auf das Sofa und schlief tief und fest ein.

Bevor Sonja und Renata ihr Hotelzimmer in Hlohovec bezogen, trafen sich die beiden mit Jozef , der als Jurist bei der tschechischen Polizei arbeitet. Sonja kannte Jozef aus Wien, wo dieser Jus studiert hatte. Jozef war Tscheche und nach Beendigung seines Studiums ging er wieder in sein Heimatland zurück und trat in den tschechischen Polizeidienst als Jurist ein. Renata und Sonja saßen seit ungefähr 10 Minuten in dem kleinen Lokal welches recht gemütlich eingerichtet war und jeder Tisch eine eigene Nische hatte, so dass man an den Nebentischen eigentlich nichts mitbekam. Das Lokal hatte Jozef vorgeschlagen und Sonja stellte fest, dass er eine gute Wahl getroffen hatte.

„Hallo Sonja, schön dich zu sehen."

Vor den beiden stand ein schlanker großer Mann mit sehr ebenmäßigen Gesichtszügen.

„Hallo Jozef" Sonja stand auf, umarmte Jozef und wurde von ihm links und rechts auf die Wange geküsst.

„Darf ich Dir vorstellen, das ist meine Freundin Renata."

„Hallo Renata" Jozef streckte ihr die Hand entgegen zog Sie zu sich und küsste auch Sie links und rechts auf die Wange. Renata blickte nach der herzlichen Begrüßung von Jozef zu Sonja und streckte heimlich den Daumen nach oben und signalisierte damit Sonja dass ihr Jozef ganz gut gefiel.

Nachdem Sonja und Jozef sich gegenseitig ausgetauscht hatten, was sich bei Ihnen so im letzten Jahr, wo Sie sich nicht gesehen hatten, ereignet hatte, fragte Sonja „Jozef hast Du irgendetwas zu den verschwundenen Frauen von denen ich Dir am Telefon erzählt habe?"

Jozef legte die Mappe die er mitgebracht hatte auf den Tisch und öffnete Sie. Ich habe alle Akten die ich dazu gefunden habe in Kopie mitgebracht. Er legte Sonja einen Stapel Akten hin.

„Gleich vorweg einmal, es wurden keine Toten gefunden auf die die Beschreibung der Frauen passt. Was auffällig ist, dass laut Rufdatenrückerfassung die Handys aller von Dir genannten verschwundenen Frauen zuletzt hier in der Gegend eingeloggt waren. Allerdings waren Sie an vier verschiedenen Funkmasten zuletzt registriert. Das waren die letzten Signale. Es wurden aber weder die Telefone noch andere Dinge wie Bekleidung, Papiere oder Handtaschen gefunden. Wir haben auch festgestellt, das drei von den verschwundenen Frauen in dem von Dir genannten Tanzlokal gesehen wurden. Soweit wir das eruieren konnten war das aber jedes mal zwischen ein und vier Tagen bevor hier das letzte Funksignal registriert wurde."

„Hat dieses Tanzlokal einen guten Ruf oder eher einen fragwürdigen?" wandte sich Sonja an Jozef.

„Also bis jetzt ist dieses Lokal noch nie negativ aufgefallen und was man so hört ist es sehr seriös und ein Ort wo man als Frau bedenkenlos hingehen kann."

„Renata und ich werden uns dieses Tanzlokal heute Abend einmal ansehen. Leider kannst Du uns da nicht begleiten da es ja ein Lokal nur für Frauen ist!" bemerkte Sonja mit einem leichten Grinsen.

„Aber wie wäre es wenn wir uns Morgen zum Mittagessen treffen, hast Du Lust Jozef?

„Gerne" antwortete Jozef „dann würde ich das Restaurant gleich rechts um die Ecke vorschlagen.

dort kann man ausgezeichnet essen und dann könnt ihr mir ja berichten was Euer Eindruck von dem Lokal ist."

„Perfekt, treffen wir uns um 12 Uhr 30."
Jozef und Renata erklärten sich einverstanden.

„Ich habe aber noch eine Frage Jozef. Wird bei der tschechischen Polizei wegen der verschwundenen Frauen noch weiter ermittelt?"

Jozef schüttelte den Kopf „Leider im Moment nicht. Die Akten wurden als Cold Case Fälle eingestuft und Ermittlungen werden erst wieder aufgenommen wenn sich neue Hinweise ergeben sollten."

An der Hotelbar fragte Sonja „Na was hältst Du von Jozef?"

Renata überlegte kurz, bevor Sie antwortete
„Er scheint ein netter Kerl zu sein und attraktiv ist er noch dazu."

„Ja, aber soviel ich weiß hat er eine Freundin. „

Etwas enttäuscht antwortete Renata „Schade der würde mir schon gefallen."

Sonja grinste schelmisch, dann trank Sie Ihren Kaffee aus. „Ich glaube wir sollten uns noch etwas ausruhen damit wir am Abend fit sind und hübsch machen müssen wir uns ja auch noch bevor wir in das Tanzlokal gehen". Renata nickte zustimmend und die beiden verschwanden auf ihr Zimmer.

Beate stand mit kurzem Rock und durchsichtiger Bluse neben Henrys Auto. Wie aus dem Nichts rannte Sonja auf Beate zu, in der Hand hatte Sie ein langes Fleischmesser. Beate riss voller Angst die Augen auf und begann fürchterlich zu schreien als Sie Sonja mit dem Fleischmesser in der Hand auf Sie zustürmen sah.

Henry stand stocksteif da und konnte nicht begreifen was hier gerade geschah. Sonja hatte einen dämonischen Blick in den Augen und schrie „Du verdammte Nutte, ich werde dafür sorgen dass Du nie wieder einen Mann verführst!"

Mit diesen Worten stach Sie Beate die 20 cm lange Klinge bis zum Griff des Messers in den Bauch. Sonja sah direkt in die vor Angst weit aufgerissenen Augen von Beate.

„Jetzt werde ich Dir einmal ein einmaliges Vergnügen bereiten!" Sonja zog das Messer mit einem Ruck heraus und stach erneut zu. Beate stand röchelnd da und für Henry war die ganze Szene nur mehr irreal. Sonja stach immer wieder wie eine Irre auf Beate ein, bis diese auf die Knie sank und vorn über kippte. Unter Ihrem Körper breitete sich eine riesige Blutlache aus. Sonja stand daneben und lachte völlig irre. Dann drehte sich Sonja zu Henry und sagte „So, dieses Problem haben wir jetzt endgültig aus der Welt geschafft."

Henry konnte das Ganze nicht fassen und ging langsam einige Schritte rückwärts und hob abwehrend die Hand.

„Um Gottes Willen, Sonja was hast Du gemacht?"

Im selben Augenblick durchzuckte es Henry´s Körper und er wachte schweißgebadet auf.

Henry brauchte einige Minuten um sich klar zu werden, dass er einen fürchterlichen Alptraum hatte. Henry überlegte ob ihm sein Gewissen im Schlaf einen Streich gespielt hatte und angestrengt versuchte er sich in Erinnerung zu rufen, was an dem Abend als Beate bei ihm war passiert ist. Aber so sehr er sich auch an anstrengte, es wollte einfach keine Erinnerung zurückkommen.

Noch immer unter dem Eindruck dieses fürchterlichen Traumes stellt er sich unter die Dusche und drehte das kalte Wasser auf in der Hoffnung diesen Wahnsinn damit aus seinem Gedächtnis zu vertreiben.

Zu so etwas wäre Sonja nie fähig dachte er bei sich, aber aus Erfahrung wusste er, dass man in keinen Menschen hinein schauen kann. Und als Profiler bei der Polizei hatte er ja oft genug erlebt, das völlig biedere und unauffällige Menschen in Extremsituationen zu Bestien wurden und unsagbare Taten vollbrachten.

Ich glaube ich muss mal mit Beate reden, sonst treibt mich diese Unwissenheit was an diesem Abend passiert ist noch in den Wahnsinn.

Nach der Dusche zog er sich an und machte sich auf den Weg in das Dorfgasthaus, da ihm hier die Decke auf den Kopf zu fallen drohte.

Er hoffte im Dorfgasthaus auf andere Gedanken zu kommen und vielleicht fand sich auch wer für eine Unterhaltung.

In dieser Hinsicht wurde er nicht enttäuscht, da das Dorfgasthaus offensichtlich der zentrale Ort war, an dem viele Geschichten ausgetauscht wurden. Von alltäglichen, völlig belanglosen Erlebnissen bis zum heimlichen Dorftratsch konnte man hier alles vernehmen.

Henry fand das ganz witzig wenn er daran dachte, das in der Stadt viele Leute einen Psychologen besuchen um Ihre Probleme in den Griff zu bekommen. Hier am Land war das offensichtlich noch ganz anders. Der Psychologe hier war die Gruppe im Dorfgasthaus. Hier wurde geredet gestritten und getröstet. Es wurde noch miteinander geredet, da hier so gut wie jeder jeden kannte und nicht die Anonymität der Großstadt vorherrschte.

Henry setzte sich an die Bar und bestellte sich beim Wirten ein Bier. Normalerweise trank er selten Bier, aber heute war im einfach danach.

Kaum hatte ihm der Wirt sein Bier hingestellt, klopfte ihm von hinten wer auf die Schulter.

„Hallo" Es war Beate´s Mann, der zum Wirten sagte „Ich krieg das selbe wie er!"

Henry hatte nicht gerechnet Beate´s Mann hier zu treffen, da er ihn noch nie hier im Gasthaus gesehen hatte. Ein ungutes Gefühl beschlich ihn. *Schon wieder dieses scheiß Gewissen* fuhr es ihm durch den Kopf.

Doch Beate´s Mann benahm sich völlig normal und er begann Henry ungefragt von seiner Arbeit zu erzählen, die ihm eigentlich auf die Nerven ging, er aber zu alt sei, um sich noch um einen neuen Job umzusehen.

Nach einer kurzen Pause fragte Henry

„Du bist aber nicht sehr oft hier oder?"

„Nein, mit dieser Scheiß Schichtarbeit komme ich nicht oft dazu hier einmal mein Bier zu genießen. Außerdem bin ich auf das Geschwätz von den meisten hier nicht neugierig. Hör Dich nur einmal um, da geht es um die Probleme im Weinbau, dort darum, wer letzten Sonntag in der Kirche war und wer nicht und sonstiges Geschwätz was die Leute für ein Riesenproblem halten."

„Aber wenigstens reden die Leute noch miteinander" entgegnete Henry „in Wien wissen viele Leute nicht einmal wer neben ihnen oder ober oder unter ihnen wohnt. Früher wie die Wohnungen noch kein Wasser innerhalb der Wohnung hatten gab es noch die gute alte Bassena am Gang, da haben sich die Leute getroffen und wahrscheinlich über dieselben Probleme geredet. Dafür hat man kaum einem Psychiater gebraucht."

Beate´s Mann hob sein Bierglas und streckte es Henry entgegen „Kannst Karl zu mir sagen" führte das Glas zum Mund und lehrte es auf einen Zug. Er stellte das Glas aber nicht auf die Theke sondern winkte damit dem Wirt, der ohne ein Wort zu sagen das Glas nahm und es wieder auffüllte.

„Na da hört man ja so einiges hier im Wirtshaus." Henry machte eine kleine Pause um dann nachzuhaken „Sag mal Karl, wird hier auch über die verschwundenen Frauen geredet? Ich bin nämlich noch immer nicht sicher ob das nicht einen negativen Einfluss auf die Verkaufszahlen von meinem Buch hat, wenn ich von einem Ort berichte wo sechs Frauen spurlos verschwunden sind."

Karl drehte sich zu Henry „darüber wird hier kaum geredet. Es war kurz Thema, als die Polizei hier herumschnüffelte. Nachdem sich dieses Thema wegen fehlender Hinweise aber bald wieder erledigt hatte wurde hier im Ort nicht mehr darüber gesprochen. Bringt ja auch für den Ort eine negative Publicity . Unsere Weinbauern hier sind nicht neugierig, dass ihr Ort mit diesen verschwundenen Frauen in Verbindung gebracht wird wenn Sie Ihren Wein verkaufen wollen."

„Weißt Du eigentlich mehr über die verschwundenen Frauen?"

Karl kniff die Augen zusammen „Schreibst Du jetzt ein Buch über den Wein oder über verschwundene Frauen?"

„Über Wein natürlich. Als Fotojournalist sind meine Themen sicher nicht Mordfälle oder verschwundene Frauen oder sonst etwas in der Art. Aber als Journalist kann man halt auch nicht über seinen Schatten springen und stellt zwangsläufig immer neugierige Fragen. Es ist eigentlich mehr persönliches Interesse, aber der Journalist der immer blöd jedem mit Fragen auf die Nerven geht lässt sich halt leider nicht verleugnen. Das nächste Bier geht übrigens auf mich."

„Dass lass ich mir gefallen."
Zufrieden streckte Karl seinen Oberkörper.
„Zu den verschwundenen Frauen weiß ich auch nicht mehr als alle anderen hier auch wissen."

Nachdem vierten Bier war Karl redselig geworden.

„Nur so unter uns gesagt, gibt es im Ort zwei Kandidaten die die Polizei viel härter in die Mangel nehmen hätte sollen."

Fragend hob Henry die Augenbrauen.

„Du meinst es gibt hier zwei im Ort, denen Du so etwas zutrauen würdest?"

„Ich habe nicht gesagt dass die etwas damit zu tun haben, aber wenn ich bei der Polizei wäre, hätte ich mir die zwei schon anständig zur Brust genommen."

„Und wen meinst Du damit?"

Karl, schon im Bierlaune, hob seinen Zeigefinger.

„Du musst mir aber versprechen, dass das unter uns bleibt."

Henry hob den Zeigefinger und Mittelfinger und sagte „Du hast mein Ehrenwort! Das Ehrenwort als Journalist. Erste Grundregel eines Journalisten ist, dass er auf keinen Fall einen Informanten preisgeben darf. Es ist für mich nur interessant wem ich bei den Recherchen zu meinem Buch über den Weinbau trauen kann und wem nicht."

„Kennst Du den jungen Maler, der hier im Ort Malkurse gibt?"

„Du meinst den Tobias oder? Der ist doch auch in dem Elternhaus Deiner Frau eingemietet."

„Genau den meine ich. Der soll ja gerüchteweise schon einige seiner Teilnehmerinnen flachgelegt haben. Dieser Idiot ist ja auch schon meiner Alten nach gestiegen." Karl brach in kurzes, heiseres Lachen aus. „Da beißt er sich aber die Zähne aus. Meine Alte hat überhaupt kein Interesse mehr an Sex."

„Du bist aber vollkommen ahnungslos" dachte Henry. Er klopfte Karl auf die Schulter „Ja leider, so sind die meisten Weiber. Kaum haben Sie dich eingefangen und Dir einen Ring am Finger verpasst ist es vorbei mit Zärtlichkeiten und als Mann bist Du nur dazu da im Beruf zu buckeln und möglichst viel Geld nach Hause zu bringen."

Karl machte eine wegwerfende Handbewegung.

„Da brauchst Du mir nichts zu erzählen! Aber nur weil Sie keinen Sex mehr will, heißt das nicht dass ich auch keinen haben muss. Manchmal lege ich halt eine extra Schicht ein, wenn Du weißt was ich meine. Dann fahre ich über die Grenze nach Tschechien. Da gibt es einige ausgezeichnete Bordelle mit wirklich heißen Schnecken wo Du voll auf Deine Kosten kommst. Wenn Du einmal etwas anständiges erleben willst dann kann ich Dir gute Tipps geben wo es dort die besten Nutten gibt. Eigentlich sollte man gar nicht heiraten und nur zu Nutten gehen. Kommt auf die Dauer sicherlich billiger!"

„Interessante Ansicht" meinte Henry „möglicherweise hast Du Recht damit."

„Aber nur weil er einige seiner Teilnehmerinnen flachgelegt hat, heißt das ja noch lange nicht, dass er auch welche um die Ecke gebracht hat.

„Weiß man nie genau. Stell Dir einmal vor, er hat einige flachgelegt und dann kommt der an eine, die keine Lust hat das Spielzeug von ihm zu sein.

Manche sind halt so von sich überzeugt, dass Sie ausrasten wenn Sie abgewiesen werden."

„Na ja möglich ist alles. Und wer ist der Zweite wo Du Dir vorstellen kannst dass er etwas damit zu tun haben könnte?" fragte Henry.

Na da gibt es ja einen Spinner bei uns im Ort der sich schon einige Stücke geleistet hat. Alle im Ort wissen das bei dem im Kopf etwas nicht ganz in Ordnung ist aber keiner traut sich darüber reden, weil sein Vater ein Ortskaiser ist."

„Du redest von Julius Graber?"

„Nicht so laut!" flüsterte Karl. Über die Graber´s werden nur Lobreden laut verkündet. Alles andere wird nur hinter vorgehaltener Hand getuschelt."

„Ein paar Eigenheiten hat er schon." sagte Henry mit leichtem Kopfnicken.

Karl lachte kurz auf. Aber gleich darauf erstarb sein Lachen und vorsichtig blickte er nach links und rechts um sich zu vergewissern, dass er nicht die Aufmerksamkeit von anderen Gasthausbesuchern auf sich gezogen hat.

„Der versucht ja pausenlos Mädels mit seinem Porsche zu beeindrucken um Sie Abschleppen zu können und auch einmal zum Schuss zu kommen. Aber das ist ja noch harmlos! Der ist schon mit 12 Jahren in den Gärten des Ortes herum geschlichen und hat von den Wäscheleinen die Unterwäsche von den Frauen gestohlen. Wahrscheinlich hat er sich dann zu Hause mit der Wäsche einen runter geholt. Obwohl alle wussten, dass es der Julius war und er dreimal dabei erwischt wurde, hat niemand sich getraut eine Anzeige bei der Polizei zu machen. Außerdem hat er auch immer Eichhörnchen und Katzen gejagt, wie Im Ort erzählt wird. Wenn da irgendwer gewagt hätte eine Anzeige zu machen, hätte er gleich aus dem Ort wegziehen können. Der

Graber löst das immer auf seine Art. Wenn sich wer beschwert hat ist er zu den Leuten hin, hat ihnen ein paar Geldscheine in die Hand gedrückt und ihnen mit Nachdruck gesagt, dass die Sache damit erledigt ist. Jetzt stell Dir einmal vor, wie der heute drauf ist, wenn er schon mit 12 Jahren so Hormongesteuert war! Aber bei so einem Vater ist es auch kein Wunder, wenn der Spross eine Schraube locker hat."

„Du meinst er hat durch die harte Erziehung einen Schaden?"

„Eine harte Erziehung hat noch den wenigsten geschadet" entgegnete Karl „sein Vater ist ja auch nicht ganz dicht. Halt in anderer Beziehung als der Junge. Der alte sammelt alte Bücher und Schriften. Er hat eine ganze Bibliothek voll und ist wie besessen auf der Suche nach alten Schriften."

„Welche alten Schriften?" fragte Henry überrascht.

„Was weiß ich sagte Karl, ich habe nur gehört, dass er bei vielen Leuten nachgefragt hat ob Sie alte

Bücher oder alte Schriften haben, bevorzugt aus dem Mittelalter. Irgend so ein alchemistisches Zeugs halt. Wahrscheinlich hat er noch nicht genug Geld gescheffelt und will alles mögliche zu Gold machen wie es die alten Alchemisten probiert haben." Karl grinste „das ist aber schon den wahnsinnigen Typen im Mittelalter nicht gelungen."

Auf dem Heimweg vom Gasthaus dachte Henry intensiv über das Gespräch mit Karl nach.

Zu Hause angekommen schickte er seiner Mutter eine Nachricht: Brauche dringend das Buch *„Tractatus de Lapide Philosophico Oder vom Stein der Weisen" von Isaaci Hollandi. Bitte schick es mit einem Taxi zu mir nach Harrersdorf. Ich warte vor dem Gemeindeamt. Liebe Grüße Henry.*

Um 3 Uhr früh traf das Taxi aus Wien in Harrersdorf vor dem Gemeindeamt ein. Der Fahrer übergab

Henry ein Paket mit den Worten „Das muss ja ganz schön wichtig sein, um das Ding um diese Uhrzeit hierher zu schicken."

Henry setzte ein freundliches Gesicht auf „Ich will morgen meiner Braut einen Heiratsantrag machen und das ist das Geschenk für Sie!"

„Jeder wie er meint" murmelte der Taxifahrer.

Henry blieb freundlich und steckte dem Taxifahrer zehn Euro zu. „Ich gehe davon aus, das Ihr Fuhrlohn schon bezahlt ist."

„Ja, sonst hätte ich diese Tour gar nicht gemacht. Na dann noch eine gute Nacht."

Henry hatte sich schon umgedreht und winkte nur mehr kurz dem Taxifahrer zu.

Um 9 Uhr war Henry schon wieder auf und voll fit. Er griff zum Telefon und rief Johann Graber an.

„Hallo, Henry Eigner hier, ich wollte fragen, ob Du am Nachmittag so um 15 Uhr bei mir vorbeikommen kannst. Ich möchte mit Dir gerne ein paar Texte und Fotos von Deinem Weingut durchgehen um zu schauen, ob es Dir so passt und wir eventuell Änderungen vornehmen können."

Johann Graber sagte sofort zu. Es war ihm mehr als recht, dass Henry mit ihm die Fotos und Texte durchgehen wollte. Da konnte er noch Änderungen anbringen, wie er es für geeignet hielt, um sein Weingut gut aussehen zu lassen.

Den Rest der Zeit verbrachte Henry damit ein paar Texte über das Weingut Graber zu schreiben. Fotos hatte er ohnehin schon einige gemacht.

Um 14 Uhr 30 klopfte es an Henry´s Türe. Henry schaute kurz auf. „Da kann es wohl einer nicht erwarten seine Ideen zu diktieren, aber ich habe eine Überraschung für Dich." sagte Henry zu sich selbst während er zur Tür ging und öffnete.

Vor der Türe stand Johann Graber mit einer Flasche Wein in der Hand. Er schüttelte Henry die Hand und sagte zu ihm „Ich finde es ganz toll, dass Du mit mir die Fotos und Texte durchgehen willst. So können wir sicher gehen, dass mein Weingut in Deinem Buch richtig dargestellt wird!"

In Henrys Hirn formte sich ein Gedanke "Du bist wirklich ein überheblicher Hund."

Mit einem freundlichen Gesicht sagte Henry zu Johann „Na dann komm mal rein, damit wir das Ganze einmal durchgehen können. Da vorne kannst Du Dich hinsetzen. Ich habe den Laptop schon vorbereitet."

Johann Graber ging zum Tisch und setzte sich auf den Stuhl. Henry entging es nicht, dass der Blick von Johann sofort von dem Buch, das auf dem anderen

Ende des Tisches lag, magisch angezogen wurden.

Henry setzte sich auch und begann sofort „Ich wollte mit Dir die Fotos durchschauen, damit wir gemeinsam aussuchen, welche Fotos von Deinem Weingut in meinem Buch erscheinen sollen und außerdem hatte ich vor die Texte dazu mit Dir durch zu gehen. Es ist Dir doch sicher recht, dass Dein Weingut in dem Buch recht positiv dargestellt wird oder?"

Johann Graber hatte immer wieder auf das Buch auf dem Tisch geschaut und geistesabwesend entgegnete er nur „Ja, ja ist mir recht."

 Johann rutschte nervös auf seinem Stuhl hin und her.

„Ist alles okay?" fragte Henry ganz freundlich.

Johann antwortete gar nicht auf die Frage von Henry. Im Gegenteil er stellte Henry sofort eine Gegenfrage.

„Dieses Buch hier ist das Deines?"

Henry Tat ganz teilnahmslos „Ja das ist mein Buch, ein alter Schinken halt den mir meine Mutter einmal zu Weihnachten geschenkt hat und hin und wieder lese ich zur Zerstreuung darin.

„Darf ich einmal einen Blick in das Buch werfen?" fragte Johann und spielte nervös mit den Fingern.

„Wenn es Dich interessiert. Ist zwar nur so mittelalterlicher Schmarren. Die Alchemisten von damals hatten schon abenteuerliche Ideen. Aber es hat wenigstens etwas Unterhaltungswert." Er schob das Buch beiläufig zu Johann.

Dieser nahm das Buch ganz behutsam in seine Hände und schlug es ganz vorsichtig auf.
„Schon faszinierend diese alten Schriften, die Ornamentik und diese Handzeichnungen."

Henry registrierte mit einer gewissen Befriedigung die Faszination die das Buch auf Johann ausübte.

„Wer daran was findet hat sicher seine Freude damit. Aber wir wollten ja die Texte und die Fotos durchgehen. Schau mal hier, diese Foto hätte ich ausgesucht. Ich zeige Dir aber auch die anderen und Du kannst ja dann vorschlagen welche wir nehmen sollen."

Ohne den Blick vom Buch zu nehmen murmelte Johann „Such Du die Fotos aus. Ich habe volles Vertrauen in Dich. Die Texte wirst Du mit Deiner Erfahrung ja auch besser beurteilen können.

Befriedigt klappte Henry den Laptop zu.

Henry beugte sich über den Tisch und legte seine Unterarme verschränkt darauf. Mit dem unschuldigen Blick eines Kleinkindes sagte Henry „So fasziniert habe ich auch noch niemand in einen alten Schmöker vertieft gesehen."

Johann blickte Henry an „Ich kaufe Dir diesen alten Schinken ab. 150 € wäre es mir wert."

„Ich will es ja gar nicht verkaufen. Schließlich war es ein Geschenk von meiner Mutter."

„Okay" sagte Johann „für Deinen nostalgischen Wert lege ich noch etwas drauf! 300 €." Damit griff er in seine Rocktasche holte seine Brieftasche heraus nahm 300 € und schob Sie Henry über den Tisch.

Henry lehnte sich zurück und lächelte „Jetzt verrate mir aber einmal warum Du das Buch unbedingt kaufen willst."

Johann seufzte „Alte Bücher und alte Schriften sind mein Hobby. Ich habe eine ganze Bibliothek davon, aber von diesem hier habe ich noch keine Ausgabe. Aus diesem Grund will ich es Dir abkaufen."

Zeigst Du mir einmal Deine Bibliothek?" Henry hatte eine ganz unschuldige Miene aufgesetzt.

„Wenn Du unbedingt willst, kannst Du Dir meine Bibliothek einmal ansehen."

„Zu welchen Themen sammelst Du Bücher? Ich habe zufällig einen Freund, der ein Antiquariat besitzt und viele von diesen alten Schinken zusammengetragen hat."

Johann hob kurz die Augenbrauen „Dann gib mir mal die Telefonnummer von Deinem Freund."

„So einfach geht das nicht Johann, er hat einen ganz ausgewählten Kundenkreis und verkauft nur an Leute die er auch kennt. Also den Kontakt kannst Du nur über mich herstellen."

„Hat er leicht auch Bücher die, na ja, sagen wir mal so, auf wundersame Weise irgendwo abhanden gekommen sind?"

Henry schüttelte den Kopf „Du meinst wohl Hehlerware? Nein da muss ich Dich enttäuschen! Alles was er verkauft ist legal, aber oft extrem selten zu bekommen."

Johann hatte Henry mit verdrießlichem Gesicht und ohne Buch verlassen. Er hatte ihn für nächsten Tag um 14 Uhr eingeladen, um ihm seine Bibliothek zu zeigen. Henry hatte ihm aber vorher das Versprechen geben müssen, über das Angebot für das Buch nachzudenken.

Pünktlich um 14 Uhr stand Henry vor Johann´s Türe. Johann begrüßte ihn freundlich und sagte "Ich hoffe Du hast Dir mein Angebot überlegt und das Buch mitgebracht? „

„Ich würde vorschlagen Du zeigst mir zuerst Deine Bibliothek und danach reden wir über dein Angebot."

Johann zuckte mit den Schultern "Wenn es sein muss."

Henry folgte Johann in den Keller des Hauses. Vor einer massiven Eisentüre holte Johann einen Schlüssel heraus und sperrte auf. Er deutete mit der

Hand auf die Türe und meinte "Spezielle Brandschutztüre damit hier ja nichts passiert."

Henry und Johann standen in einem ungefähr 80 Quadratmeter großen Raum. Voller stolz erklärte Johann "Das ist meine Bibliothek mit meinen schätzen!"

„Nicht schlecht" antwortete Henry „hat sicher ein Vermögen gekostet!"

Johann machte eine abwehrende Bewegung „Oft wissen die Leute gar nicht, was die da haben und dann kann man solche Bücher schon recht günstig bekommen."

Henry spazierte langsam durch den Raum in dem die Wände rundherum mit Bücherregalen bestückt waren. Auf der Wand links von der Türe war das Bücherregal noch relativ leer. In der Mitte des Raumes stand ein Tisch mit einer Leselampe.

„Liest Du Deine Bücher hier herunten?" fragte Henry.

„Meine Bücher verlassen diesen Raum nie! Viel zu gefährlich. Für die Bücher meine ich."

Henry hatte registriert, dass die meisten Bücher über Alchemie handeln aber auch über das Thema Hexen und Teufel gab es eine große Auswahl.

„Interessiert sich Julius eigentlich auch für die Bücher?"

„Früher habe ich ihn oft in meine Bibliothek mitgenommen und er hat auch einige Bücher gelesen. Aber eines Tages hat er sich zwei Bücher über Teufelskult heimlich mitgenommen. Eines davon habe ich dann in seinem Zimmer gefunden. Das zweite Buch ist bis heute verschwunden. Obwohl ich versucht habe es aus ihm heraus zu prügeln ist das Buch nicht mehr aufgetaucht."

In Henry´s Hirn verknüpften sich langsam die Fäden, die bis jetzt nur so lose hin und her geschwebt sind. Nach und nach erschien ein Bild, das noch mit vielen

Fragezeichen versehen war. Doch immer öfter tauchte Julius Graber in diesem Bild auf.

Johann riss ihn aus seinen Gedanken "Jetzt hast Du meine Bibliothek gesehen, wie schaut es mit meinem Angebot für Dein Buch aus, hast Du darüber nachgedacht?"

„Das Angebot? Ach Du meinst das Buch dass Du mir unbedingt abkaufen möchtest. Wenn ich es verkaufen würde müsstest Du dein Angebot aber drastisch erhöhen! Du hast offensichtlich vergessen, dass ich einen Freund habe der ein Antiquariat betreibt. Dieses Buch wird mit rund 4.500 € gehandelt!"

Johann verdrehte die Augen "Das ist jetzt aber nicht Dein Ernst! Da müsst ihr irgendetwas verwechselt haben. Das Buch ist höchstens 200 € wert und ich habe Dir für deine Nostalgie schon 300 € geboten."

„Sorry," meinte Henry „aber so leicht lasse ich mich nicht über den Tisch ziehen, wie Du das vielleicht bei manchen alten Leuten machen kannst."

Johann bekam einen wütenden Gesichtsausdruck "Ich betrüge keine Leute! Wenn ich ein Geschäft mache, dann ist es immer reell! Dann sag mir was Du für das Buch haben willst, aber komm mir jetzt nicht mit 4500 Scheinen."

„Wir haben es hier mit zwei verschiedenen Werten zu tun," sagte Henry „das erste ist der Handelswert am Markt. Der zweite Wert ist natürlich ein fiktiver, aber da es ein Geschenk von meiner Mutter war, ist dieser Wert unbezahlbar und das Buch damit nicht zu verkaufen."

Johann hatte gemerkt dass er im Augenblick mit dem Buch nichts ausrichten konnte. „Okay Henry, lassen wir es für den Augenblick. Ich werde darüber nachdenken und Dir in den nächsten Tagen ein neues Angebot machen. Schließlich hat jeder

Mensch seinen Preis und ich werde schon herausfinden wo Dein Preis ist!"

Pünktlich um 12 Uhr 30 Uhr betraten Sonja und Renata das Lokal um Jozef zum Essen zu treffen. Jozef winkte den beiden zu und begrüße Sie herzlich. „Na, wie geht es euch beiden. Habt ihr Euch gestern vergnügt?"

„Vergnügt ist etwas zu viel gesagt" antwortete Sonja, nachdem Sie Platz genommen hatten. „Ein Lokal voller Frauen und ein paar Gigolo´s zum Tanzen ist nicht ganz mein Fall. Aber Geschmäcker sind ja bekanntlich ganz verschieden. Aber wir waren ja nicht unbedingt zum Vergnügen dort, sondern haben auch versucht etwas über unsere verschwundenen Frauen herauszubekommen."

„Und seid Ihr in dieser Beziehung erfolgreich gewesen?" fragte Jozef.

„Leider nicht wirklich" meinte Sonja mit einem leichten Seufzer „dort verkehren so viele Frauen, dass sich niemand wirklich erinnern kann, ob eine von unseren verschwundenen Frauen wirklich in diesem Lokal war."

„Schade" meinte Jozef „mit neuen Hinweisen hätten wir diese Akten wieder öffnen können. Aber so werden es wahrscheinlich Cold Case Fälle bleiben."

„Ganz umsonst war es aber auch nicht." sagte Sonja während Sie die Speisekarte studierte.

„Also doch etwas herausgefunden?" Jozef machte große Augen.

„Bestellen wir zuerst etwas zu essen! Ich habe einen wahnsinnigen Hunger und ich glaube Renata geht es genauso."

Während des Essens begann Sonja zu erzählen.

Jozef bemerkte mit einem Grinsen "Sonja, vielleicht solltest Du zuerst hinunterschlucken bevor Du redest sonst geht das Ganze noch schief!"

„Kein Problem," sagte Sonja „Du weißt ja, Frauen sind multitaskingfähig, also geht bei mir essen und reden gleichzeitig!"

„Solange Du mich nicht mit dem Essen anspuckst ist mir alles recht." meinte Jozef, während er die Gabel zu Teller führte.

Sonja hielt sich die Hand vor dem Mund und sagte mit einem Lachen "Ich werde mich bemühen!"
„Also zu den Frauen haben wir nicht wirklich etwas herausgefunden. Aber dieser Julius Graber, dass ist der Sohn von diesem Weinbauern aus Harrersdorf, der verkehrt relativ oft in Hlohovec. Mit seinem weißen Porsche ist er da natürlich öfters aufgefallen. Einer dieser Tänzer in dem Lokal hat mir erzählt, dass dieser Julius öfters mit dubiosen Leuten Karten spielt. Da wird offensichtlich um relativ hohe Beträge

gespielt. Außerdem wurde er auch in dem einen oder anderen Bordell gesehen. Ich habe bereits einen Bekannten angerufen der mir eine Liste schickt, wo in Tschechien das Telefon von Julius eingeloggt war, solange sie halt verfügbar sind. Er hat versprochen mir die Liste noch heute Nachmittag zu senden."

„Du meinst Julius war an beiden Orten wo es die letzten Kontakte oder die letzte Spur zu den verschwundenen Frauen gab? Das macht ihn meiner Meinung nach natürlich schon etwas verdächtig, aber für eine offizielle Untersuchung ist das natürlich viel zu wenig."

„Deshalb sind ja auch wir tätig!" grinste Sonja. Nebenbei stieß sie Renata unter dem Tisch mit dem Fuß, weil sie bemerkt hatte das Renata die ganze Zeit Jozef verträumt angeblickt hatte.

„He, halte Deine Füße im Zaum!" maulte Renata.

„Oh Verzeihung, habe ich Dich getreten? Das tut mir aber leid!"

Renata ließ Sonja einen giftigen Blick zu kommen.

„Zickenkrieg? Oder habt Ihr Euch gestern um einen Gigolo gestritten?" Fragte Jozef belustigt.

„Blödmann" sagte Sonja und verzog den Mund.

Bei der Nachspeise angelangt, erwähnte Jozef, dass er in circa 2 Monaten für eine Woche in Wien ist. „Ich hoffe Sonja, wir können uns da treffen und einmal in Wien um die Häuser ziehen. Mit einem Blick auf Renata sagt er weiter, Du bist hoffentlich auch dabei!"

Renata´s Gesicht überzog ein Lächeln „Natürlich bin ich da dabei!"

„Kommt Deine Freundin auch mit?" fragte Sonja mit einem Blick auf Renata.

„Ach so" sagte Jozef „ich habe Dir ja noch gar nicht erzählt, dass meine Freundin und ich uns vor einem Monat getrennt haben.

„Hä, wieso das?"

Jozef zuckte belanglos mit den Schultern „Es hat halt einfach nicht mehr geklappt und dann ist es besser wenn man sich trennt. Andere Mütter haben ja auch schöne Töchter!" und warf einen Blick auf Renata.

„Na okay, dann nehme ich Renata auch mit." Sonja ließ sich in den Sessel zurückfallen.

„Seid ihr Morgen auch noch da?" fragte Jozef.

„Ursprünglich hatten wir das vor, aber wir werden heute Nachmittag noch nach Harrersdorf fahren, um mit Henry die Lage zu besprechen. Hier bekommen wir leider nicht mehr heraus, aber ich freue mich wenn wir uns in 2 Monaten in Wien sehen.

Um 14 Uhr 30 Uhr läutete Henrys Telefon.

„Hallo Henry" meldete sich Sonja „Ich wollte Dir nur sagen, dass wir in ungefähr eineinhalb Stunden bei Dir sind. Über unsere Frauen haben wir leider nicht sehr viel herausgefunden aber einige interessante Dinge über diesen Julius."

„Ihr wolltet doch ursprünglich bis Sonntag bleiben. Aber es passt mir ganz gut, das Ihr heute kommt, denn ich habe einige Dinge mit Dir zu besprechen. Außerdem habe eine besondere Aufgabe für Dich."

„Na dann hoffe ich, dass in eineinhalb Stunden der fertige Kaffee auf uns wartet! Bis später!" Sonja legte auf.

Renata öffnete ihre Handtasche und zog einen USB Stick heraus, den Sie am Autoradio ansteckte. Kaum waren die ersten Töne erklungen als Sie den Lautstärkeregler voll aufdrehte.

„Spinnst Du? Mach das gefälligst leiser!"

„Lass mich doch" erwiderte Renata „ich bin gerade in so guter Stimmung."

„Na nach den Lovesongs, die Du da spielst, schwebst Du anscheinend gerade auf Wolke Sieben."

„Eigentlich sollte ich Dich mit Missachtung strafen, dass Du mir Jozef nicht schon früher vorgestellt hast. Ich finde diesen Burschen ganz toll und muss ganz ehrlich sagen, ich freue mich schon wenn er nach Wien kommt."

„Jozef ist schwer in Ordnung" meinte Sonja „Aber dass Du so verknallt bist in ihn hätte ich nicht gedacht."

„Wie das Leben so spielt" verträumt lehnte sich Renata auf dem Sitz zurück und schloss die Augen.

„Kaffee kochen kannst Du, das muss man Dir lassen Henry." Sonja umschlang mit beiden Händen die Kaffeetasse und schnupperte intensiv an dem wohl duftenden Kaffee. „Ohne Kaffee könnte ich nicht überleben."

„Das freut mich wenn er Dir schmeckt Sonja. Na dann erzähl mal, was ihr so herausgefunden habt."

Sonja grinste „Als erstes und wichtigstes haben wir herausgefunden, dass sich Renata in Jozef verknallt hat!"

Henry hob die Augenbrauen und Renata trat unter dem Tisch gegen das Bein von Sonja.

„Au!" sagte Sonja „Deswegen musst Du mich ja nicht treten, es ist ja nur die Wahrheit. Weißt Du Henry, Renata ist nicht hierher gefahren sondern hierher geschwebt."

„Hast Du mir nicht erzählt dass Jozef eine Freundin hat?" fragte Henry und nahm einen Schluck Kaffee. „Ja, er hatte eine Freundin, aber vor einem Monat hat er sich von Ihr getrennt und seitdem ist Renata nicht mehr zu halten. Jozef kommt in circa zwei Monaten nach Wien und dann will er um die Häuser ziehen. Aber ich soll unbedingt Renata mitnehmen. Ich glaube fast, wir werden da etwas trinken gehen und danach werden Renata und Jozef wahrscheinlich alleine um die Häuser ziehen."

„Und Du nennst Dich beste Freundin!" schmollte Renata „Du musst ja nicht alles gleich an die große Glocke hängen!"

„Na nun sein mal nicht so Renata, das kann schon passieren, dass man sich Hals über Kopf verliebt." sagte Henry beruhigend zu Renata. Renata zog nur einen Schmollmund.

„Dann erzähl mal Sonja, was Ihr so herausgefunden habt."

„Über unsere verschwundenen Frauen haben wir leider keine weiteren Anhaltspunkte finden können, wie ich Dir schon am Telefon erzählt habe. Aber ganz interessant ist, einer der Tänzer hat, nachdem ich ihm die Geschichte erzählt hatte wie Julius uns auf der Straße gestoppt hatt mit seinem weißen Porsche, gemeint dass dieser Typ bei ihnen nicht ganz unbekannt ist. Er erzählte mir, dass Julius offensichtlich in Hlohovec sich öfters aufhält und mit einigen dubiosen Leuten um viel Geld Karten spielt. Außerdem besucht er offensichtlich öfters verschiedene Bordelle in Tschechien. Ich habe dann einen Freund kontaktiert und er hat mir versprochen dass ich heute noch eine Liste bekomme, wo in Tschechien in den letzten Monaten, das Handy von Julius eingeloggt war. Jozef meinte, man könnte ihn schon fast als Verdächtigen einstufen nachdem er sich offensichtlich an beiden Orten, die in Beziehung mit unserem verschwundenen Frauen stehen, aufgehalten hat. Wie Jozef festgestellt hat, ist das allerdings für offizielle Ermittlungen eindeutig zu wenig und in Tschechien sind die Akten über die Frauen als Cold Case Fälle eingestuft und werden erst wieder weiterverfolgt, wenn sich neue Fakten ergeben."

„Na das mit den Cold Case Fällen ist ja bei uns leider auch nicht ganz anders." bedauerte Henry. „Aber wir beide kennen die Polizeiarbeit gut genug, um zu wissen, dass dafür wesentlich mehr

Personalressourcen zur Verfügung stehen müssten. Aber wenn wir das ganze zusammenfassen kristallisiert sich schon Julius als zumindest verdächtig heraus."

„Leider," Sonja machte ein leicht enttäuschtes Gesicht. „Du hast mir noch gar nicht erzählt, wie das Treffen mit dem ominösen Briefschreiber war. Wer war es denn?"

„Das weiß ich bis heute noch nicht."
„Ist er nicht erschienen?" fragte Sonja.

„Der Briefschreiber selber ist nicht erschienen. Als ich beim Brunnen wartete, kam ein junger Mann zu mir und drückte mir ein Kuvert in der Hand. Er erzählte mir, ein Mann hätte ihm Geld geboten, wenn er mir das Kuvert übergibt. Ich schätze ihn mal als völlig harmlosen Burschen ein, der sich schnell ein paar Euro verdient hat. Er konnte auch keinerlei brauchbare Beschreibung von dem Mann geben."

„Und was stand in dem Kuvert?" Sonja lehnte sich neugierig vor.

Henry streckte sich "Nun, es war ein Zettel drin wo der anonyme Briefschreiber einen anderen Treffpunkt vorschlug. Ich sollte hinter die Kirche kommen, da hier zu viele Leute wären. Also machte ich mich auf den Weg zur Kirche. Vor dem Tor habe ich überlegt, ob ich auf der linken oder rechten Seite herum zur Rückseite der Kirche gehe und habe mich für die linke Seite entschieden. Kaum war ich an der hinteren Gebäudeecke angekommen, als mich irgendwer niederschlug."

„Was??" fragte Sonja. „Ist Dir was passiert?"

„Halb so schlimm," meinte Henry „ich war kurz bewusstlos und hatte eine kleine Platzwunde am Kopf, die aber nicht zum Nähen war. Allerdings brummte mir der Schädel gewaltig. Wie ich wieder zu mir gekommen bin, war kein Mensch zu sehen.

Ich habe aber die Holzlatte, mit der ich eine auf den Schädel bekommen hatte, ungefähr zwei Meter von mir entfernt gefunden."

„Hast Du eine ungefähre Ahnung, wer das gewesen sein könnte?"

„Leider nicht. Ich kann Dir nur sagen wem ich es zutrauen könnte. Also der Johann Graber ist ein Choleriker, den würde ich es schon zutrauen, aber ich finde keinen Grund dazu. Nach dem heutigen Nachmittag hätte er allerdings einen Grund."

„Welchen Grund?" fragt Sonja.

„Erzähle ich Dir gleich. Julius würde ich es zutrauen, vor allem nach dem Vorfall mit Euch beiden und er weiß, dass Du meine Verlegerin bist."

„Deine Verlegerin? Nett dass ich das auch erfahre."

„Habe ich Dir das gar nicht erzählt?" fragte Henry „Muss ich ganz vergessen haben, dass Du mein Buch verlegst. Übrigens ist der alte Graber Dir und Renata noch ein paar Flaschen seines besten Wein schuldig."

Sonja zeigte sich erfreut „Ich weiß zwar nicht warum, aber ein paar Flaschen guten Weines lehne ich sicher nicht ab."

„Nun" fuhr Henry fort „nach dem Überfall war ich noch im Dorfgasthaus, und da habe ich den Mann der Gemeindesekretärin getroffen. Nach ein paar Bier, hat er mir einige interessante Dinge erzählt. Julius hat sich einige Stücke geleistet. Nach der Erzählung von Beates Mann, hat Julius schon mit 12 Jahren die Unterwäsche von Frauen aus dem Ort heimlich gestohlen wenn sie auf der Wäscheleine hingen. Außerdem dürfte er ein paar Eichhörnchen und Katzen auf dem Gewissen haben. Sein Vater hat das augenscheinlich immer im kurzen Verfahren erledigt. Er ist zu den Betroffenen gegangen, hat ihnen einen Geldbetrag auf den Tisch gelegt und ihnen nachdrücklich gesagt, dass die Sache damit erledigt ist. Offensichtlich hat sich niemand getraut Anzeige zu erstatten. Karl, Beates Mann, meinte, wenn wer Anzeige erstattet hätte, hätte der Betreffende gleich aus dem Ort wegziehen können, weil er sonst hier kein vernünftiges Leben mehr gehabt hätte. Karl hat dann noch erwähnt, das Johann Graber eine besondere Bibliothek in seinem Haus hat. Er sammelt alte mittelalterliche Bücher und Schriften und versucht bei alten Leuten solche Bücher zu einem Spottpreis zu bekommen. Um die Bibliothek zu Gesicht zu bekommen habe ich mir von meiner Mutter mit dem Taxi mein altes alchemistisches Buch kommen lassen und habe mir Johann Graber unter dem Vorwand mit ihm Texte und Fotos für das Buch zu besprechen her gebeten. Du hättest sehen sollen wie versessen er auf das Buch war, das wie zufällig auf dem Tisch lag. Er wollte es mir sofort abkaufen und bot mir natürlich einen lächerlichen Preis. Aber mit diesem Buch hatte ich ihn. Ich habe ihm gesagt, über das Buch können wir erst reden, wenn er mir seine Bibliothek gezeigt hat. Ja und heute war ich in der Bibliothek. Ein feuersicherer Raum bei ihm im Keller des Hauses. Rund 80 Quadratmeter voll mit mittelalterlichen Büchern und Schriften. Sehr viele alchemistische Schriften und auch Teufel und Hexen Bücher. Johann hat mir dann auch gestanden, Julius früher öfters in die Bibliothek mitgenommen zu haben damit der in den Büchern lesen kann. Doch eines Tages hatte er ihm zwei Bücher entwendet und Johann fand nur eines davon im Zimmer von Julius. Wie Johann Graber so tickt, hat er versucht den Verbleib des zweiten Buches aus Julius heraus zu prügeln. Aber bis heute weiß er nicht wo das Buch ist. Es waren übrigens zwei Bücher über Teufelskult! Das ist auch der Grund, warum ich Julius immer mehr auf dem Radar habe."

„Und, hat er denn Dein Buch bekommen?" fragte Sonja schelmisch.

„Die Frage meinst Du jetzt aber nicht ernst!" Henry schaute Sonja ungläubig an.
„Aber wenn der alte Graber so gerne prügelt, kann es nicht sein, dass er es war der Dich niedergeschlagen hat?" hakte Sonja nach.

„Das stimmt schon, der alte Graber prügelt ganz gern und Julius hat sich ja sicher schon einiges abbekommen. Aber ich habe dir ja vorhin gesagt, dass es vorher keinen Grund gegeben hätte für Johann Graber mich niederzuschlagen. Jetzt würde ich auch auf Johann setzen, da er unbedingt das Buch haben will. Trotzdem glaube ich das Julius eine unberechenbare Zeitbombe ist. Und da kommen wir auch gleich zum Thema, dass ich mit Dir besprechen wollte."

„Du meinst ich soll die wandelnde Zeitbombe entschärfen?" Sonja schüttelte den Kopf.

„An entschärfen habe ich eigentlich nicht gedacht. Mir schwebte eher vor, dass Du den Zünder findest und wir Julius dann festnageln können."

Ungläubig schaute Sonja Henry an „Du verlangst aber schon viel von mir!"
„Ich weiß" sagte Henry „aber hör Dir mal an wie ich mir das vorstelle."

Sonja spannte ihren ganzen Körper an. Jetzt war Sie neugierig was sich Henry einfallen hatte lassen. „Na dann lass mal deinen Superplan hören."

Henry schaute zu Renata „Eigentlich habe ich Renata auch in meinem Plan miteinbezogen und ich denke Renata ist der Entminungsdienst, wenn die Zeitbombe scharf geschaltet ist. Das hat Sie ja schon unter Beweis gestellt, dass Sie diesen Julius ganz problemlos ausschalten kann."

Renata entgegnete „Ja, ganz sicher, und dann schleppen Sie mich wieder auf eine Polizeidienststelle zum Verhör. Das hast Du Dir vielleicht so vorgestellt, aber ich ganz sicher nicht, tut mir leid."

„Also eines kann ich Dir mit Sicherheit versprechen Renata," mischte sich Sonja hier ein „darüber brauchst Du Dir keine Sorgen machen, Henry hat die Mittel, um uns hier den Rücken frei zu halten. Beim letzten Mal hat er leider erst davon erfahren als uns die Polizei im Schlepptau hatte. Sonst wären wir dort gar nicht gelandet. Hören wir uns einmal an wie Henry sich das vorgestellt hat.

„Okay," sagst der Henry „ich habe mir das folgendermaßen vorgestellt. Ihr beide hinterlasst Julius eine Nachricht, in der ihr euch entschuldigt und ihm sagt, dass er euch auf dem falschen Fuß erwischt hat, und ihr möchtet das gerne bei einem Drink mit ihm wieder gut machen. So wie ich Julius einschätze, wird er sicher darauf einsteigen. Er wird euch natürlich anbaggern. Das soll er ja auch, er soll euch schöne Augen machen, und ihr ihm auch, aber haltet ihn euch körperlich fern. Versucht ihn mit Alkohol etwas gesprächig zu machen und dann liegt es an euch die richtigen Fragen zu stellen, damit er sich selbst ans Messer liefert."

„Spinnst Du?" sagte Renate „wir sollen diesem gestörten schöne Augen machen?"

Sonja klopfte Renata beruhigend mit der Hand auf die Schulter. „Also ich denke das klingt gar nicht so schlecht. Und der Zweck heiligt die Mittel. Und so wie Julius drauf ist, bekommen wir das sicher hin."

„Ihr braucht ihn nur dazu bringen, dass er sich mit irgendeinem Detail verrät. Dann ist Eure Arbeit auch schon wieder erledigt.

Renata hatte ihre Augenbrauen zusammengezogen „Aber eines sage ich Dir, wenn er einmal her greift kommt er sicher nicht so glimpflich davon wie das letzte Mal."

„Und Renata bist Du dabei?" Henry war sich nicht ganz sicher, ob Renata letztendlich zustimmen würde.

Renata überlegte eine Weile. Dann sagte Sie „Okay ich bin dabei."

„Das freut mich" sagte Henry „aber Sonja an Dich habe ich noch eine Bitte. Stich mir bei dieser Aktion bitte niemand mit einem Messer ab!"

Mit einem fragenden Blick sagte Sonja „Sag, wie kommst Du darauf dass ich irgendjemand abstechen könnte?"

„Na ja" meinte Henry „ich hatte das letzte Mal so einen Traum."

„Aha und da habe ich jemand mit dem Messer abgeschlachtet" grinste Sonja „das war sicher eine Frau oder?"
Henry hatte den Blick leicht gesenkt und gab Sonja keine Antwort darauf.
Sonja dachte kurz nach, dann begann Sie lauthals zu lachen, sie schlug mit der flachen Hand auf den Tisch „Hey, ich habe Deine Gemeindesekretärin niedergemetzelt, habe ich recht?"

Henry murmelte nur „Angedroht hattest Du ja so etwas schon, dass ich einen Mordfall *Gemeindesekretärin* bekommen würde."

„Henry, plagt Dich das schlechte Gewissen? Ist Deine Gemeindesekretärin zudringlich geworden und Du konntest nicht widerstehen?"

Henry blickte Sonja gerade in die Augen und sagte „Echte Männer haben kein Gewissen, deswegen kann echte Männer auch kein schlechtes Gewissen plagen." Etwas leiser sagt er „Und nein, ich habe nichts angestellt!" dabei blickte er Sonja aber nicht mehr direkt in die Augen.

Nachdem die drei ihren Plan noch in allen Einzelheiten besprochen hatten, sagte Sonja „Dann werden wir uns einmal ein Hotel organisieren."

„Ihr könnt ja auch hier bleiben." Henry macht eine einladende Geste mit der Hand.

„Das könnte Dir so passen" grinste Sonja „mit zwei Frauen in einem Bett, träume schön weiter."

„Da täuscht Du Dich aber gewaltig Sonja, das wäre mir eindeutig zu eng. Aber ihr bekommt oben das Bett und ich schlafe hier auf dem Sofa."

Sonja schaute Renate an „Und was hältst Du davon?

Könnte ganz lustig sein."

Renate nickte „Von mir aus ist es okay."

Sonja´s Handy vibrierte. Sie warf einen Blick darauf

„Die Telefondaten von Julius sind da!"

Gemeinsam gingen Sie die Daten durch.

„Der treibt sich ja schön regelmäßig in Tschechien

herum! Nach den Daten hier mindestens ein bis zwei

mal pro Woche."

„Leider beginnen die Daten erst zwei Monate nach

verschwinden unserer letzten Vermissten." stellte

Henry bedauernd fest.

Als Julius aus dem Dorfgasthaus kam, fand er einen Zettel hinter seinem Scheibenwischer. Er zog den Zettel hervor, sperrte den Wagen auf und schmiss den Zettel achtlos auf den Beifahrersitz. Er startete den Wagen und fuhr wieder einmal ziellos in der Gegend umher. Nach 20 Minuten herumirren in der Gegend bog er auf einem Feldweg ein und stellte den Wagen ab. Dann nahm er den Zettel und faltete ihn auseinander.

Beim Lesen der Nachricht setzte er ein Grinsen auf das immer breiter wurde. Julius las die Nachricht ein zweites Mal:

Tut uns schrecklich leid, was da das letzte Mal auf der Straße passiert ist. Du hast uns auf dem falschen Fuß erwischt und deswegen möchten wir uns auf einen Versöhnungsdrink mit dir treffen und dich näher kennenlernen. Liebe Grüße Sonja und Renata.

Darunter war eine Telefonnummer notiert.

Julius begann ein Selbstgespräch "Hab ich ja gewusst, dass die beiden Schnecken es einmal richtig besorgt brauchen. Na das können sie haben, die werden ihre blaues Wunder erleben. Der kleinen, die mich niedergeschlagen hat werde ich ja mal zeigen was harter Sex ist, dann werden wir ja sehen, ob sie auch noch so schlagkräftig ist. Aber ich werde sie vorsichtshalber ans Bett fesseln."

Julius malte sich die Szene im Kopf bis ins kleinste Detail aus. Das begann in so zu erregen, dass er sich noch auf dem Feldweg im Auto selbst befriedigte.

Sonjas Wertkartenhandy, welche Sie für besondere Zwecke besaß, läutete. Henry beugte sich über den Tisch und schaute auf das Display „Sonja das ist die Nummer von Julius, offensichtlich ist er auf die Nachricht angesprungen."

Er reichte das Handy Sonja, welche den Anruf

annahm und ins Telefon ganz verführerisch hauchte "Hallo"

„Ja hallo, hier ist Julius, ich habe eine Nachricht von Euch bekommen." Julius versuchte seiner Stimme einen besonders männlichen Anstrich zu verpassen. „Wer von den beiden bist Du?"

„Ich bin Sonja."

„Hast Du mir eine blutige Nase verpasst?"

„Nein, das war meine Freundin Renata und es tut mir unendlich leid. Ich habe Dir ja schon in der Nachricht geschrieben, dass Du uns an dem Tag auf dem falschen Fuß erwischt hast. Deswegen möchten wir uns mit dir auf einen Versöhnungsdrink treffen und vielleicht können wir ja Freundschaft schließen."

„Von mir aus können wir uns gerne treffen, aber die Getränke gehen auf Eure Kosten damit das klar ist." Julius brachte sein jugendliches Machogehabe am Telefon sehr deutlich zum Ausdruck.

„Natürlich gehen die Getränke auf unsere Kosten, das ist ja das Mindeste was wir tun können."

„Das Mindeste schon, aber sicher nicht das einzige. Aber das können wir ja dann bei einem oder mehreren Getränken besprechen. Dann treffen wir uns heute um 20 Uhr in Poysdorf, da gibt es eine gute Bar gleich gegenüber der Kirche. Und zieht euch was hübsches an, sozusagen zur Wiedergutmachung."

Sonja verdrehte die Augen, antwortete aber in ganz freundlichem Ton „Es freut uns total, dass Du unsere Einladung annimmst und übrigens vergiss nicht die Sonnenbrille, sonst bist Du noch ganz geblendet so wie wir erscheinen werden."

„Super dann um 20 Uhr, aber seid pünktlich dann bis später."

Julius legte auf und vollführte einen Freudentanz. „Wahnsinn die zwei können es gar nicht mehr erwarten, dass ich es ihnen richtig besorge! Die beiden werde ich heute die ganze Nacht richtig ran nehmen.

Sonja schmiss das Telefon auf den Tisch und stöhnte „Das ist ein richtig arrogantes Arschloch. Der glaubt wirklich er ist das schönste, beste und einzige Mann auf Gottes Erden und unwiderstehlich."

Henry hatte direkt Mitleid mit Sonja „Ihr beiden kriegt das schon gut hin und vergesst nicht, ich bin ganz sicher in eurer Nähe und bei Bedarf rückt aus dem Hintergrund die Kavallerie an!"

Dabei streichelte er Sonja ganz behutsam über den Rücken. Sonja durchfuhr ein wohliger Schauer. Sie bemühte sich, nicht zu zeigen, wie gut Ihr das tat. Doch, als Sie zu Renata schaute, bemerkte Sie in Ihrem Gesichtsausdruck, dass Renata nicht entgangen war, wie Sie auf die Berührung von Henry reagiert hatte.

Henry meinte zu den beiden „Ruht Euch ein bisschen aus. Ich habe noch einige Dinge zu erledigen. Ich bin in circa zwei Stunden wieder zurück."

Er nahm seine Jacke und verschwand.

Renata blickte Sonja herausfordernd an. Sonja erwiderte den Blick, und sagte „Na was??"

Renata grinste breit „Sag ja nie wieder etwas über mich und Jozef. Du brauchst nicht glauben, dass mir das entgangen ist wie Du auf Henrys Berührung reagiert hast!"

„Ich habe gar nicht reagiert! Du siehst schon wieder Dinge die es gar nicht gibt!"

„Meine Liebe, dazu kenne ich Dich schon zu lange. Wenn Henry nicht den ersten Schritt macht, dann musst ihn Du machen!

Sonja seufzte nur leicht, gab Renata aber keine Antwort.

Renate wusste, dass Sie hier einen wunden Punkt von Sonja erwischt hatte und es bereitete ihr auch noch Vergnügen in dieser Wunde zu bohren.

Sonja zog sich elegant aus der Affäre indem Sie sagte „Ich lege mich noch etwas hin. Es kann heute eine längere Nacht werden. Das würde Dir auch nicht schaden, denn schließlich und endlich sollten wir heute am Abend fit sein."

„Vielleicht gar keine schlechte Idee!" Renata schmiss sich aufs Sofa und rollte sich zusammen.

„Und wo soll ich schlafen?" tat Sonja entrüstet.

„Oben im Bett, da ist dann noch Platz, falls Henry Lust bekommt!"

„Du bist manchmal richtig furchtbar!" Sonja versuchte böse zu wirken, aber stattdessen musste Sie herzlich lachen.

„Siehst Du, so gefällt mir das! Und jetzt ab ins Bett." Renata schloss mit einem Lächeln die Augen und begann von Jozef zu träumen.

Renata wurde durch ein Geräusch am Tisch munter. Sie rieb sich die Augen und blickte zum Tisch. Dort stand Henry und hatte einige Dinge auf den Tisch gelegt.

Er drehte sich zu Renata um „Sorry, dass ich Dich aufgeweckt habe. Ist Sonja auch da?"

„Ja, die schläft oben in deinem Bett."

„Ist schon okay" sagte Henry „lass Sie noch schlafen."

In dem Moment kam Sonja etwas schlaftrunken die Stiegen herunter. „Hallo Henry, Du bist schon wieder da?"

„Schon ist gut" sagte Henry „ich war drei Stunden weg."

Sonja schaute auf die Uhr „Oh Gott, ich habe so gut geschlafen, aber jetzt brauche ich unbedingt einen Kaffee!"

„Wird sofort erledigt" erwiderte Henry.

„Was täten wir ohne Deinen Henry, er ist einfach ein Schatz!" Renate hatte so einen gewissen Unterton in der Stimme, während Sie diesen Satz an Sonja gerichtet hatte.

Sonja lies sich neben Renata auf dem Sofa nieder und wartete bis der Kaffee fertig war.

Henry servierte den Kaffee zum Tisch und meinte „So meine Lieben, der wird Euch wieder richtig munter machen!"

Sonja und Renate schlenderten noch etwas schlaftrunken zum Tisch und setzten sich.

Sonja nahm genüsslich einen Schluck Kaffee, dann stellte Sie die Tasse vor sich auf dem Tisch und fragte Henry „Was hast Du denn hier alles angeschleppt?"

„Das ist eine kleine Sicherheitsausrüstung für Euch beide." entgegnete Henry lapidar.

Sonja blickte nachdenklich über den Tisch „Hey, wir haben eine Verabredung in einer Bar und ziehen nicht in den Krieg!"

Henry lächelte „Ich weiß, ich weiß, aber Elektroschocker und Pfefferspray sind unauffälliger und gelten als Verteidigungswaffe. Stell dir vor, was das für ein Aufsehen gibt, wenn Renate Julius in der Bar auseinander nimmt."

„Stelle ich mir schon lustig vor." mischte sich Renata ein. „Aber wahrscheinlich würde ich ihn hinter die Kirche schleppen. Der Ort hat sich schon einmal bewährt, leider hat es damals dich getroffen Henry."

„Ich habe ja gesagt das ist die Notfallausrüstung, klein und handlich für die Handtasche und so ein Elektroschocker unter dem Tisch eingesetzt ist schon sehr unauffällig."

„Was hast Du denn da noch?" fragte Sonja.

„Kleine unauffällige Mikrofone. Spezialanfertigung aus England vom MI6. Manchmal machen sich solche

177

Beziehungen schon sehr bezahlt!" grinste Henry „Ich bin auf alle Fälle ganz in der Nähe und höre jedes Wort das gesprochen wird. Damit kann ich schnell eingreifen, wenn es brenzlig wird."

„Hoffentlich tritt dieser Fall nicht ein. Ich habe gehört, das bei solchen Auseinandersetzungen die ganze Dorfbevölkerung gegen die auswärtigen zusammenhält. Und das würde dann für mich richtig in Arbeit ausarten." Renata verschränkte die Finger und ließ Ihre Fingerknöchel krachen.

„Nur keine Sorge Renata, ich konnte es noch einrichten, dass zwei Zivilstreifen vor Ort sind und bei Bedarf sofort eingreifen. Das hat mich allerdings extrem viel Überzeugungsarbeit und viele Telefonate gekostet. Es ist halt immer hilfreich wenn man den richtigen Personen einmal einen Gefallen erwiesen hat!"

Sonja fuhr herum, da es an der Türe geklopft hatte. Henry schnappte eine Tasche und mit einem

Handstreich lies er alles vom Tisch in die Tasche verschwinden und schob diese unter die Sitzbank.

Sonja erhob sich langsam und ging zur Türe um sie zu öffnen. Renate war aufgesprungen und stellte sich dicht hinter Sonja. Nach einem Kopfnicken von Henry öffnete sich die Türe.

Draußen stand Beate und fragte „Ist Henry da?" Sie wartete aber gar keine Antwort ab sondern schaute an Sonja vorbei in den Raum, wo Sie Henry erblickte „Hallo Henry, ich wollte nur schauen ob bei dir alles okay ist und ob Du irgendetwas benötigst? Aber wie ich sehe hast Du ja Besuch und gleich von zwei Frauen."

Wenn Blicke töten könnten, wäre Beate auf der Stelle tot umgefallen. Sonjas Augen funkelten wie wild. Henry blickte kurz durch den Raum *„Gott sei Dank kein Messer in greifbarer Nähe"* fuhr es ihm durch den Kopf, bevor er Beate antwortete „Hallo Beate, danke für Deine Nachfrage, aber ich benötige nichts. Das hier ist übrigens Sonja meine Verlegerin mit einer Freundin. Sie ist gekommen damit wir die weiteren Schritte mit meinem Buch besprechen können und wie weit es fortgeschritten ist. Die zwei werden übrigens einige Tage hier bleiben."

„Wie ich sehe bist Du ja mit zwei Frauen genug ausgelastet, ich komme dann ein anderes Mal wieder vorbei" und zu Sonja gewandt sagte Sie „Wie lange bleiben Sie noch einmal?"

Sonja hielt den Türgriff noch immer in der Hand und Henry bemerkte dass ihre Fingerknöchel weiß hervor traten.

„Vielleicht für immer wenn es mir passt, und jetzt wäre es nett wenn Sie uns alleine lassen würden, wir haben nämlich im Gegensatz zu Ihnen zu arbeiten."

Wortlos drehte sich Beate um und verschwand.

Sonja drehte sich um und stemmte ihre Hände in die Hüften. Ihre Augen blitzten während Sie zu Henry sagte „Was bildet sich diese blöde Kuh eigentlich ein? Und das nächste Mal liegt hier ein Messer griffbereit!"

„Na, jetzt komm aber wieder etwas runter!" sagte Henry „Und ich werde mich hüten ein Messer griffbereit zu legen, dazu ist mir mein Traum noch viel zu lebhaft in Erinnerung! Und eigentlich habe ich nicht vor Dich in irgendeiner Gefängniszelle zu besuchen."

Renata legte beruhigend ihre Hand um Sonjas Hüfte und ging mit ihr zum Tisch. An Henry gewandt sagte Renata „So reagieren Frauen nun einmal, wenn sie Gefahr in Form einer Konkurrentin wittern, dann werden wir unberechenbar!"

Henrys Gefühle spielten gerade Achterbahn. Er wusste nicht, ob er verärgert sein sollte oder geschmeichelt. Er hatte hier gerade eine handfeste Eifersuchtsszene erlebt. Auf der einen Seite gefiel Henry sehr gut wie Sonja in gegen Avancen von fremden Frauen verteidigte. Andererseits bestürzte ihn die extrem emotional geladene Reaktion von Sonja.

Ganz kurz blitzte wieder eine Erinnerung in seinem Gedächtnis auf *„ein kurzer Rock, Strapse und der Satz: gefällt dir was Du siehst?"* rauschte durch seinen Kopf. Dann war die Erinnerung aber auch schon wieder vorbei. Mehr kam nicht zurück in sein Gedächtnis.

Ja, dachte Henry, ich glaube ich muss demnächst mit Sonja wirklich ein Gespräch führen.

Nach kurzer Zeit des Schweigens unterbrach Henry die Ruhe „Ich denke wir sollten einmal darüber reden, aber es wäre schön wenn wir das verschieben könnten und uns jetzt auf unseren Fall und auf den heutigen Abend konzentrieren."

Sonja hatte sich emotional bereits wieder voll unter Kontrolle „Ich denke auch, dass wir uns langsam vorbereiten sollten damit wir das heute Abend perfekt über die Bühne bringen."

Renata nickte zustimmend „Na dann los, zeigen wir diesem Julius,wie wir dieses Spiel spielen!"

Sonja und Renate betraten Punkt zwanzig Uhr die Bar. In der linken hinteren Ecke sahen sie schon Julius sitzen. Weiße Jean, weißes Hemd welches weit bis zur Brust herab aufgeknöpft war, so saß Julius lässig da.

„Oh Gott" flüsterte Renata „er hat sich mit seiner Kleidung auch schon seinem Porsche angepasst."

Die beiden gingen zum Tisch und Sonja sagte „Hallo Julius, ich bin Sonja und das ist Renata, die Du leider schon handfest kennengelernt hast."

„Tut mir leid" sagte Renata.
Julius gab sich ganz lässig „Setzt euch her."

Julius hatte sich so gesetzt, dass eine links und eine rechts von ihm Platz nehmen musste. Renata machte ein extrem freundliches Gesicht, aber Sonja wusste, dass Sie am liebsten sofort zugeschlagen hätte.

„Das wird euch heute einige Getränke kosten das kann ich euch versichern."

„Sonja schaute Julius an „Ist klar, haben wir ja auch am Telefon so abgemacht und es soll ja eine Entschuldigung unsererseits sein."

Julius bestellte drei Cola rot. Als die Gläser serviert waren hob er das Glas und sagte „Na dann auf einen erfreulichen Abend und jetzt erzählt mal etwas von Euch was ihr so macht und auf was Ihr so steht.

Sonja entgegnete „Du wirst sicher schon wissen, dass ich die Verlegerin von Henrys Buch bin und ich habe mit ihm einige Besprechungen bezüglich seines Buches. Obwohl der Autor wichtig ist hat auch der Verlag ein gewichtiges Wort mitzureden, was wir im Buch bringen und was nicht."

Julius schaute Sonja an „Okay und was macht Deine Freundin?"

„Renata? Die ist Verkäuferin in einem Esoterik Geschäft." Renata hob kurz die Augenbrauen.

„Verkäuferin in einem Esoterik Geschäft? Dafür schlägt Sie aber recht gut zu." Julius deutete dabei auf Renate.

„Ja weißt Du, Sie hat vor zwei Jahren einen Selbstverteidigungskurs gemacht, denn als Frau am Abend in der Großstadt ist es nicht immer so sicher."

„Na ja, wenn Sie meint Sie braucht so etwas."

„Na hier am Land würde Sie das nicht brauchen, außer es kommt ein junger Bursche in seinem Porsche daher!" Sonja lachte und klopfte Julius kurz mit ihrer Hand auf seinen Oberschenkel „nichts für ungut! Und wofür interessierst Du Dich oder was machst sonst Julius?"

„Na das wirst Du ja schon wissen, dass wir das größte Weingut in Harrersdorf haben und da helfe ich hin und wieder mit."

„Geht sicher ganz gut, wenn Du Dir so einen tollen Wagen leisten kannst." sagte Sonja.

„Den zahlt Gott sei Dank mein Alter."

„Und hast Du irgendwelche Hobbys Julius?"

„Welche Hobbys meinst Du fragte Julius."

„Ja was weiß ich, Videospiele oder irgendetwas
anderes?"

„Jetzt lass Ihn doch mit deiner Fragerei in Ruhe"
mischte sich plötzlich Renata ein „Schau dir lieber
sein Hemd an, dass so schön weit über diese richtig
teuflisch schöne Brust geöffnet ist!"

Julius drehte sich zu Renata „Na so etwas schönes
siehst Du sicher auch nicht jeden Tag! Du kannst
aber ruhig näher kommen damit Du alles genau
siehst."

Sonja war etwas überrascht von Renata, hakte aber
sofort ein „Das mit der teuflischen Brust musst Du
schon Entschuldigen, aber so im Vertrauen, Renata
beschäftigt sich neben ihrer Arbeit im Esoterik Laden
auch mit Teufelskult und da kann Sie manchmal

nicht ganz trennen, wann es angebracht ist darüber zu reden."

Julius drehte sich zu Renata und machte große Augen „Wirklich? Du beschäftigst dich mit Teufelskult? Das ist spannend, was treibst Du denn da so?"

Renata hob abwehrend die Hand „Sorry, aber mit nicht Eingeweihten reden wir über solche Dinge nie."

Julius streckte die Brust raus „Und wie kommst Du jetzt darauf dass ich ein nicht Eingeweihter bin?"

Renata hob die Augenbrauen, und begann zu lachen „Du willst ein Eingeweihter sein, tut mir leid aber das ist fast lächerlich hier am Land in einem durch und durch katholischen Bundesland. Das glaube ich Dir mit Sicherheit nicht!"

Julius wollte protestieren, aber Renata legte sofort nach „Vielleicht warst Du einmal Ministrant und hast dem Pfarrer beim herrichten der Messe nur Wasser eingefüllt, das hat aber mit Teufelskult überhaupt nichts zu tun!"

Julius holte tief Luft und hob seinen Zeigefinger mit dem er drohend vor Renata´s Gesicht herum fuchtelte „Jetzt sag ich Dir einmal etwas, ich habe schon mit 10 Jahren alte mittelalterliche Schriften über Teufelskult gelesen und kenne mich da recht gut aus."

Renata machte eine abwehrende Geste „Darüber lesen oder aktiv an einer schwarzen Messe teilnehmen ist aber ein Unterschied wie Tag und Nacht."

Julius bekam große Augen „Du meinst so eine richtig richtige schwarze Messe mit allem Drum und Dran, wo der Teufel angebetet wird und die weibliche Priesterin den Teufel auf dem Altar empfängt?"

„Ja ich meine eine richtige schwarze Messe. Aber dazu hast Du sicher nicht den Mut."

„Ich habe nicht den Mut meinst Du? Das mache ich locker mit, das ist ja nur harmloser Babykram."

Renata bekam einen richtig teuflischen Blick und meinte „Babykram glaubst Du also? Das zeigt mir erst recht, dass Du keine Ahnung davon hast!"

Julius war wie hypnotisiert von Renata´s Blick. Renata hatte Julius mit ihrem Blick richtig fixiert. „Bei einer richtigen schwarzen Messe werden Frauen geopfert."

„Ja, ja weiß ich, die Priesterin die sich auf dem Altar dem Priester, der den Teufel verkörpert hingibt."

„Das ist richtig entgegnete Renata. Aber manchmal wird sie auch richtig geopfert. Das heißt, sie muss ihr Herz dem Teufel opfern und ich kann mir wahrlich nicht vorstellen, dass Du dabei keine weichen Knie bekommst."

„Geil" meinte Julius.

Sonja kam aus dem Staunen nicht mehr heraus. Sie hätte nicht gedacht, dass Renata zu so einer Hochform aufläuft.

Nach einer kurzen Pause flüsterte Renata in Richtung Julius „Wenn Du wirklich bereit bist, dann feiere ich heute Nacht mit Dir eine richtige schwarze Messe, damit Du endlich zu den richtig Eingeweihten gehörst."

Julius saß stocksteif da und seine Augen blickten ins Leere. Vor seinen Augen lief gerade ein Film ab.
„Renata lag nackt auf dem Altar und er als Priester mit Kutte und Kapuze verkleidet, nahm anstelle des Teufels körperlich Besitz von ihr."
Er begann unruhig hin und her zu rutschen.
„Und Sonja?" fragte er.

„Sonja brauche ich zum Assistieren und Sie macht das auch nicht zum ersten Mal. Hast Du einen geeigneten Platz wo wir ungestört diese Messe feiern können?"

Julius dachte kurz nach „Ja wir haben da einen abgelegenen Weinkeller, dort sind wir vollkommen ungestört. Aber da muss ich noch kurz nach Hause und den Schlüssel organisieren." Renata stand auf „Na dann los, der Teufel wartet nicht gern! Wir treffen uns bei deinem Haus."

Sonja zahlte, während Renata Julius gedrängt hatte schon voraus zu fahren.

Henry hatte fast ungläubig das Gespräch in seinem Wagen verfolgt. Er schaltete allerdings sehr schnell und noch bevor Julius aus dem Lokal kam, war er schon auf dem Weg zu Graber´s Haus. Während er wegfuhr führte er noch ein kurzes Telefonat und kurz darauf setzten sich auch zwei dunkelblaue Limousinen in Bewegung.

„Jetzt wird es haarig" dachte Harry und er überlegte fieberhaft wie er die drei zu dem Weinkeller verfolgen konnte, ohne das Julius etwas mitbekam.

Aber die Entscheidung fiel wahrscheinlich erst wenn Sie vor Ort waren.

Als Sonja und Renate vor das Lokal traten, schaute sich Sonja zuerst um. Aber der Porsche von Julius war schon weg. „Wahnsinn, was Du da drinnen gerade abgezogen hast. Ich wusste gar nicht, dass Du Dich mit diesem Thema so gut auskennst.

Renata blieb kurz stehen „Ich habe mich eine Zeitlang in einem Verein gegen Sektenwesen engagiert und da bekommt man einiges mit. Da kannst Du in die tiefsten Abgründe der Menschheit blicken. Jetzt müssen wir aber schauen dass wir diesen Wahnsinnigen festnageln können. Auf den Zug ist er ja ganz problemlos aufgesprungen. Wahrscheinlich stellt der sich jetzt die ganze Zeit vor, wir er uns beide auf dem Altar nageln kann. Der wird aber sein blaues Wunder erleben!"

„Und wie willst Du ihn festnageln?" fragte Sonja.

„Das überlass mir. Wir werden das sozusagen situationsspezifisch lösen."

Sie stiegen in den Wagen und Renate stellte fest „Henry ist aber wirklich sehr unauffällig, ich habe ihn nirgends gesehen. Bist Du sicher, dass er in der Nähe ist?"

„Da kannst Du Gift drauf nehmen!" antwortete Sonja „Ich arbeite schon lange genug mit ihm zusammen um zu wissen, dass man sich zu 110% auf ihn verlassen kann."

Sonja parkte ihren Wagen etwas abseits von Graber´s Haus. Von Julius war noch keine Spur zu sehen.
„Der kneift hoffentlich nicht?" meinte Sonja etwas nervös.

„Keine Angst der kommt! Die Aussicht es heute mit zwei Frauen treiben zu können, spornt ihn sicher genug an. Was mich eher beunruhigt, ist das Henry nirgends zu sehen ist."

„Keine Angst Renata, ein guter Privatdetektiv ist so gut wie immer unsichtbar, aber er ist da, das weiß ich.

Henry saß in seinem Wagen und lächelte. Es erfüllte ihn mit Genugtuung, dass Sonja volles Vertrauen in ihn hatte.

Sonja und Renata warteten schon ungefähr zehn Minuten und Sonja wurde immer nervöser.

„Da ist er ja" sagte Renate und Sonja sah, wie Julius vor dem Haus stand und hastig nach links und rechts schaute.
„Na dann los" meinte Renata und stieg aus dem Wagen. Sonja folgte Ihr.

Als Sie in Sichtweite von Julius kamen und der Sie erblickte, deutete er mit der Hand nach links auf einen Feldweg. Sonja und Renata schlichen sich im Schatten der Büsche zu der von Julius angedeuteten Richtung.
Dort trafen Sie auf Julius der meinte „Wir müssen

diesen Feldweg rauf und da können wir mit dem normalen PKW nicht hin, darum müssen wir zu Fuß gehen. Es ist ungefähr eine Viertelstunde.

„Was hat denn bei Dir so lange gedauert?" fragte Renata.

„Ich musste doch erst den Schlüssel organisieren und den hat mein Alter immer in Verwahrung. Das ist sein Weinkeller wo er sonst niemand rein lässt."

Henry war, nachdem die drei außer Sichtweite waren, aus dem Wagen gestiegen und schlug die gleiche Richtung ein.

Nach einer viertel Stunde waren die drei beim Weinkeller angekommen. Julius zog einen Kellerschlüssel aus der Tasche und fummelte damit nervös beim Kellerschloss herum.

„Na, schon Angst vor dem Teufel?" fragte Renata herausfordernd „Bleib ruhig, der Teufel kann nervöse Leute nämlich überhaupt nicht leiden!"

Endlich hatte Julius die Kellertüre geöffnet und drehte am Lichtschalter. Sie gingen ein paar Stufen in das Presshaus hinunter.

„Ich hoffe, Du hast auch ein paar Kerzen hier?" Renata schaute Julius fragend an.

„Irgendwo sollte es hier Kerzen geben, die braucht mein Alter immer wegen der Gärgase."
In einer Nische fand er ein paar Kerzen und Zündhölzer. Renata hatte in der Zwischenzeit ein paar Stricke gefunden und legte diese auf die Bank neben dem Tisch. Dann nahm Sie Julius die Kerzen ab und verteilte sie am Boden. Sie nahm die Zündhölzer und entfachte alle Kerzen.

„Dreh das Licht ab Sonja!" Sonja ging zum Lichtschalter und drehte das Licht ab. Der Keller wirkte nun durch das flackernde Kerzenlicht richtig diabolisch. Julius stand da und betrachtete staunend die Szene. Renata zog mit dem Finger rund um sich einen Kreis und malte symbolisch ein auf dem Kopf stehendes Pentagramm auf dem Boden. Dann richtete Sie sich auf, faltete die Hände und murmelte ein lateinisches Gebet, von dem Julius kein Wort verstand. Renate kniete sich nieder und verbeugte sich, dann stand Sie auf, drehte sich zu Julius und befahl ihm mit tiefer Stimme „Zieh Dich aus!"

Julius zog sich in Windeseile das Hemd und die Jean aus. Dann stand er in einem knappen Slip da und wartete was weiter passieren würde. Trotzdem es im Keller nur ungefähr acht Grad plus hatte, stand Julius mit einer Erektion da, die nicht zu übersehen war. Julius wartete darauf, dass sich Renata ihrer Kleider entledigte und sich auf den Tisch legte um den Teufel in seiner Gestalt zu empfangen. Renata machte aber keine Anstalten in dieser Richtung. Stattdessen mahnte Sie Julius „Erst wenn Du vollkommen nackt bist, kannst Du Deine Einweihung empfangen!"

„Und was ist mit Dir?" fragte Julius.

Renata gebot ihm mit einer gebieterische Handbewegung zu schweigen.

Sonja hielt sich in der Zwischenzeit still in einer Ecke auf und war echt gespannt was Renata weiter vorhatte. Sie bewunderte Renata ehrlich für diese schauspielerische Leistung.

Nach einer kurzen Pause befahl Renate Julius „Leg Dich mit dem Rücken auf den Tisch!"

Julius versuchte zu protestieren „Solltest nicht Du auf dem Altar liegen?"

Wieder gebot Renata Julius gebieterisch zu schweigen. Julius wollte sich das Abenteuer seines Lebens nicht selber verderben und deswegen folgte er Renata´s Befehl ohne weitere Einwände.

Julius legte sich also mit dem Rücken auf den Tisch. Renata drehte sich zu Sonja „Nimm die Stricke und binde Ihm die Hände und Füße an den Tischbeinen fest!" sagte Sie in gebieterisch im Ton.

Sonjas Augen wurden immer größer doch Sie nahm die Stricke und begann Julius an den Tischbeinen zu fesseln.

Julius wurde es jetzt doch etwas unheimlich zumute und er begann auf dem Tisch unruhig hin und her zu rutschen.

Renata ging langsam zum Tisch, berührte mit dem Zeigefinger seine Penisspitze und flüsterte Julius zu „Bleib ruhig! Du wirst jetzt deine Einweihung empfangen!"

Durch die Berührung von Renata´s Finger verstärkte sich seine Erektion noch mehr. Renata stellte sich vor den Tisch, murmelte wieder ein lateinisches Gebet, verbeugte sich und richtete sich dann in voller Größe auf. Mit voller Stimme sagte Sie „Wir haben hier ein neues Mitglied in unserer Gemeinschaft von dem der Teufel heute Besitz nehmen wird!"

Sie breitete die Arme aus und fuhr fort „Als Hohepriesterin unserer Gemeinschaft steht es mir zu heute den Teufel zu reiten!"

Julius begann wieder auf dem Tisch leicht hin und her zu rutschen. Diesmal aber in freudiger Erwartung, dass in Renata besteigen würde und so richtig teuflisch auf ihm reiten würde.

Renata drehte sich zu Sonja, deutete zur Weinpresse und machte Ihr mit dem Zeigefinger Zeichen, ihr das Messer zu bringen.

Sonja blickte zum Messer und hatte eine fürchterliche Vorahnung. Sie schaute Renata an und schüttelte leicht den Kopf.

Renata nickte Sonja beruhigend zu und sagte „Bring es mir!"

Langsam schritt Sonja zur Weinpresse, nahm das Messer und ging langsam auf Renate zu.

Julius hatte es noch nicht mitbekommen, da er mit dem Kopf in Richtung Weinpresse lag.

Sonja übergab Renata das Messer. Renata nahm das Messer mit beiden Fäusten und hob es hoch über den Kopf. Julius sah Renata vor sich stehen, mit dem hoch erhobenen Messer in den Händen und seine Augen begannen sich angstvoll zu weiten. Er versuchte sich zu beruhigen *„Sie hat doch erzählt dass nur Frauen geopfert werden!"*

Renata stand noch immer mit dem hochgehobenem Messer vor Julius und begann abermals ein lateinisches Gebet zu murmeln, danach senkte Sie das Messer, lies es mit der linken Hand los und schritt langsam auf Julius zu.

Renate berührte noch einmal mit dem linken Zeigefinger leicht die Penisspitze von Julius. Sie blickte Julius mit einem diabolischen Ausdruck fest in die Augen. „Bevor Du die Einweihung empfangen kannst musst Du einmal durch die Hölle gehen. Nur wenn Du diese Prüfung überstehst, bist Du würdig in unsere Gemeinschaft aufgenommen zu werden und deine endgültige Einweihung zu empfangen!"

Julius wusste im Moment nicht wie ihm geschah! Seine Gefühle schwankten im Sekundentakt zwischen völliger Erregung und panischer Todesangst. Renata setzte die Messerspitze langsam auf seinem Brustbein an und fuhr damit im Zeitlupentempo über seinen Bauch bis zu seinem linken Hoden. Dort drückte Sie die Messerspitze etwas fester auf seinen Hoden.

Julius atmete heftig und er bemerkte wie sich Panik in ihm breit machte.

Mit tiefer Stimme sagte Renata „Sprich die Wahrheit! Hast Du schon einmal eine Einweihung empfangen?"
Mit diesem Satz drückte Sie das Messer etwas fester gegen den Hoden.

„Nein, ich schwöre, ich habe noch nie eine Einweihung empfangen!" Leichte Panik machte sich in Julius Stimme bemerkbar.

Renata blickte Julius weiter fest in die Augen und Sie fuhr fort „Bedenke, der Teufel weiß genau wann Du die Unwahrheit sprichst!"

Sie zog das Messer von dem Hoden zurück und Julius atmete tief durch. Doch im gleichen Augenblick spürte er, wie Renata die scharfe Klinge an seine Peniswurzel ansetzte. Seine Panik verstärkte sich augenblicklich.

Renata fragte, während Sie die Klinge fester gegen die Peniswurzel drückte „Hast Du schon einmal eine Frau geopfert??"

„Nein, nein!!" schrie Julius panisch.
Trotz der Kälte im Weinkeller zeigten sich Schweißperlen auf seiner Stirne. Er bemerkte wie Renata das Messer langsam zur Seite bewegte und spürte, wie etwas Warmes zwischen seinen Beinen

zu rinnen begann. Seine Panik wandelte sich in eine unsägliche Todesangst!

Julius schrie mit sich überschlagender Stimme „Bei meinem Leben, ich habe noch keine Frau geopfert! Aber ich habe gesehen wie eine geopfert wurde." Tränen rannen ihm über das Gesicht.

„Wo hast Du das gesehen?" fragte Renata in ganz ruhigen Ton weiter und drückte gleichzeitig die Klinge, welche sich langsam Blutrot zu färben begann, wieder fester gegen seine Peniswurzel. Julius schmiss sich hin und her und versuchte sich loszureißen, doch die Stricke gaben nicht nach! Julius schrie nur mehr panisch „Mein Vater, mein Vater, ich habe gesehen wie mein Vater eine Frau geopfert hat!!"

„Wo hast Du das gesehen?" fragte Renata völlig ruhig.

„Hier hier in dem Keller! Ich bin ihm einmal nach geschlichen und da habe ich es gesehen!!"

Sonja stand steif und mit bleichem Gesicht im Keller. Sie hätte sich wahrscheinlich auch nicht rühren können, wenn Renata zugestochen hätte.

Renata drehte sich um schmiss das Messer in eine Ecke, starrte Sonja an und sagte „Der alte Graber?!"

In diesem Moment stürzte Henry beim Keller herein. Ohne auf die beiden Frauen zu achten, war er mit vier raschen Schritten bei Julius. Seine Hand schnellte vor und packte Julius am Hals „So, und jetzt erzählst Du mir alles oder ich lasse Dich mit Renata hier alleine!!"

Julius schluchzte „Lass mich ja nicht mit dieser Hexe alleine! Die bringt mich um!"

Dann erzähl mir was Du weißt! sagte Henry wutentbrannt.

„Ist okay, aber lass meinen Hals los."

Henry lockerte etwas seinen Griff, aber er lies den Hals von Julius nicht los „Rede endlich!"

„Ja, ja ist schon gut, ich bin einmal meinem Alten in den Keller nach geschlichen, weil ich wissen wollte was er hier treibt. Er lässt ja hier keinen rein. Da habe ich durch den Türspalt gesehen, wie eine Frau mit den Händen an der Weinpresse gefesselt war und mein Vater ihr mit dem Messer direkt ins Herz gestochen hat."

„Und weiter?" Henry drückt wieder etwas fester zu.

Julius war sich nicht ganz klar, ob er das hier überleben würde! „Ich weiß nur, dass mein Vater eine alte mittelalterliche Schrift hat, auf dem ein Rezept für ewige Jugend steht. Ich habe Sie einmal gesehen, wie Sie bei meinem Vater in der Bibliothek auf dem Tisch lag. Ganz habe ich es nicht verstanden, aber es ist um Ewige Jugend gegangen und dass man dazu das Blut von jungen Frauen braucht."

„Und was hat Dein Vater mit dem toten Frauen gemacht?"

„Keine Ahnung" sagte Julius „aber er ist ein oder zwei Tage nachher mit Baumaterial hier zum Keller rauf gefahren. Er hat uns gesagt, dass der Keller baufällig ist und er ihn herrichten muss. Außerdem hat er mir ein paar Tage später ein kleines Päckchen in die Hand gedrückt und mir aufgetragen es in Tschechien in einem Mülleimer zu schmeißen."

„Nur einmal?" fragte Henry und drückte wieder etwas fester zu!

„Nein, Nein, es war öfters, ich glaube so einmal im Jahr war das. Dafür hat er mir auch den Porsche finanziert."

„Die Telefone!" murmelte Henry und lies den Hals von Julius los. Es fröstelte ihn, das mit dem Baumaterial ließ in ihm den Verdacht hochkommen, dass der alte Graber die Toten hier eingemauert hat. Er drehte sich zu Sonja und Renate um, die umschlungen auf der Stiege saßen. Beide hatten einen ungläubigen und entsetzten Blick.

Henry fragte „Alles in Ordnung bei Euch beiden?"

Sonja schaute Henry an „Ja ja, geht schon! Kümmer Dich um diesen alten Graber!"

Henry strich Renata über den Kopf „Echt reife Leistung! Danke Renata!"
Mit drei Schritten hechte er über die Stiege nach oben und verschwand.

Sonja half Renata aufzustehen, die am ganzen Körper zitterte. Mit Tränen in den Augen fragte Renata „Und was machen wir mit dem hier?" und Sie zeigte auf Julius.

„Um den mach Dir mal keine Sorgen, den holen sie später ab. Der kann ruhig hier noch eine Weile liegen!"

Julius, der das gehört hatte, schrie völlig wirr „Ihr Hexen, ihr verdammten Hexen, bindet mich los!!"

Sonja und Renata schauten zu Julius und ohne zu antworten gingen Sie vor den Keller.

„Und wie erklären wir seine Wunde?" fragte Renata.

„Die wird er überleben! Du weißt ja, dass das vorkommen kann, wenn junge hormongesteuerte Männer auf eine schnelle Nummer aus sind und sich beim Öffnen des Reißverschlusses ihr bestes Teil einklemmen. So etwas kann schon vorkommen!" Sonja lachte leise. Sie gingen langsam den Feldweg entlang in Richtung Weingut Graber wo ihr Wagen stand.

„Aber ehrlich Renata, ich hatte echt Angst, dass Du ernsthaft zustichst!"

„Ich habe einen kurzen Augenblick auch daran gedacht, es zu tun." flüsterte Renata und lehnte sich an Sonja.

Sonja fröstelte es. Sie wusste nicht ob es die kühle Abendluft war, oder der Gedanke , dass Renata ernsthaft darüber nachgedacht hatte das jämmerliche Leben von Julius Graber zu beenden.

In der Nähe vom Weingut Graber sahen Sonja und Renata jede Menge Blaulicht. Ein Polizist kam ihnen entgegen und lotste Sie zu Ihrem Wagen.

Im Wagen sagte Renata zu Sonja „Auf Deinen Henry ist wirklich zu 110 % Verlass!"

---

2 Tage später in der Unterkunft von Henry.

Sonja, Renata und Henry saßen am Tisch.
„Vielen vielen Dank an euch beide, ihr habt das echt genial gemacht und die Show die Ihr im Weinkeller geliefert habt, war einfach unschlagbar. Die Polizei hat Johann Graber und Julius Graber festgenommen und Johann Graber hat ein umfassendes Geständnis

abgelegt. Er hat auf der Suche nach alten Schriften bei einem Ehepaar diese Schrift entdeckt von der Julius erzählt hat. Es ist eine alchemistische Schrift mit einem Rezept für ewige Jugend. Dazu wird Wein mit dem Blut von jungen Frauen gemischt und verspricht dem, der diesem Trank zu sich nimmt ewige Jugend. Der Graber kennt einen russischen Geschäftsmann, den er davon einmal im Weinkeller erzählt hat. Dieser hat sich dafür sehr interessiert und dem Graber gesagt, für so einen Wein würde er pro Flasche locker 5000 € zahlen. Da Johann Graber bekanntermaßen geldgierig ist, ist er auf die wahnsinnige Idee verfallen so einen Wein zuzubereiten. Dazu hat der das Blut von jungen Frauen gebraucht. Er hat erzählt, dass er jedes Jahr ungefähr 500 Flaschen von diesem speziellen Wein produziert hat. Die sechs Frauen hat er alle erstochen und in seinem Weinkeller eingemauert. Ihre Telefone hat er immer verpackt sie dem Julius übergeben und im aufgetragen, diese in Tschechien zu entsorgen. Er wusste, dass Julius ein bis zweimal die Woche in Tschechien ist. Nachdem ihm Johann den Porsche finanziert hat, hat Julius auch nicht lange nachgefragt, sondern einfach ausgeführt was ihm sein Vater aufgetragen hat. Den Wein hat Johann dann dem russischen Geschäftsmann angeboten und dieser hat bedenkenlos und ohne nachzufragen zugegriffen. Den Transport hat er durch seine Verbindungen über die russischen Diplomaten organisiert. Ich bin ja einmal fast über diese Russen gestolpert. Offensichtlich haben sie wieder eine Lieferung organisiert. Ein Amtshilfeverfahren an die russische Polizei wurde bereits gestellt. Die Polizei ist noch dabei den ganzen Weinkeller aufzureißen und hat bereits 3 Leichen gefunden. Es tut mir leid dass wir unserer Auftraggeberin keine besseren Nachrichten überbringen können."

„Aber wenigstens hat Sie Gewissheit, auch wenn es tragisch genug ist. Aber nicht zu wissen, was mit deinem Kind passiert ist, ist wahrscheinlich noch schlimmer." Sonja machte ein gedankenverlorenes Gesicht. Alle drei schwiegen eine ganze Weile.

Sonja unterbrach das Schweigen mit der Frage „Hast Du Lust auf einen Schluck Wein Henry?"

Henry winkte ab

„Nein danke, mir ist vorläufig der Appetit auf Wein vergangen."

HINWEIS

Die Handlung und alle handelnden Personen in diesem Buch sind frei erfunden und stehen in keinem Zusammenhang mit irgendwelchen existierenden Personen

Interesse an mehr Bücher?

Einfach öfters unter

https://wbe-edition.blogspot.com

vorbeischauen.

216